ハヤカワ文庫SF
〈SF2432〉

宇宙英雄ローダン・シリーズ〈706〉

# 氷結惑星イッサム＝ユ

ペーター・グリーゼ＆マリアンネ・シドウ
宮下潤子訳



早川書房
9029

**PERRY RHODAN**
EISWELT ISSAM-YU
DER PIRAT VON MAGELLAN
by

Peter Griese
Marianne Sydow

Translated by
Junko Miyashita
First published 2024 in Japan by
HAYAKAWA PUBLISHING, INC.
This book is published in Japan by
arrangement with
HEINRICH BAUER VERLAG KG, HAMBURG, GERMANY
through JAPAN UNI AGENCY, INC., TOKYO.

目次

# 氷結惑星イッサム＝ユ

# 氷結惑星イッサム＝ユ

ペーター・グリーゼ

登場人物

ペリー・ローダン…………………………銀河系船団最高指揮官

レジナルド・ブル（ブリー）…………《シマロン》指揮官

ヴェエ・ユィイ・リィ…………………同首席技師。ブルー族

セッジ・ミドメイズ……………………同首席船医

グッキー…………………………………ネズミ＝ビーバー

ニッキ・フリッケル……………………《ソロン》船長

ウィド・ヘルフリッチ…………………同乗員。テラナー

トリンダルラー…………………………グラド。著名な媒体伝達士

コマンザタラ……………………………予知能力を持つ植物知性体

フアカッガチュア………………………同。コマンザタラの妹

ダート・ヒュロス………………………ロボット。ザタラ姉妹の世話役

# 1

新銀河暦《NGZ》四四八年二月二十八日。この日は宇宙の歴史に刻まれ、消えることはない。生命体にとっては想像を絶する規模で、宇宙の力が展開された日だ。

NGZ四四八年二月二十八日は、タルカン宇宙ハンガイ銀河の最後の四分の一が、通常宇宙に物質化した日。宇宙が耐えうる限度を超えた日。結果の見当もつかない、はげしい反作用が引き起こされた日。

四四八年二月二十八日は、ドリフェルが反応を起こした日。あらゆる現実から逃れるかのように、このコスモヌクレオチドは〝みずからを閉じ〟た。だが、その影響は終わらなかった。ドリフェルから放出されたエネルギー流が、人工的な時空構造物、すなわち構造歪曲をあおったのだ。

四四八年二月二十八日は、ドリフェルがとうとうバランスを失い、通常宇宙から離脱しはじめた日。ドリフェルからハイパー放射がはなたれた日。おもにハンガイ銀河に向けられたこの放射によって、構造歪曲の数と強度が増大した。

四四八年二月二十八日は、激烈な変化の原因が生まれた日。その結果、超越知性体〝それ〟が無期限の別れを告げ、銀河系船団の十四隻も六百九十五年のあいだ、姿を消すこととなった……

四四八年二月二十八日は、ザタラの姉妹、コマンザタラとファアカッガチュアに、あとあとまでつづくショックをあたえた日。だがこれは、ふたりが合流し、ともに覚醒したあとに受けた最初のショックにすぎなかった。姉妹は一定の予知能力をそなえ、未来の出来ごとを見たり感じたりすることができる。ただし、みずからに起きることはほとんど予知できなかった。

四四八年二月二十八日。場所は惑星スヴォーフォン。この惑星にはヒュロス・シティという名のちいさな居住地があった。ここに暮らす生命体はぜんぶで三つ。ジジ・フッゼルというシガ星人の生物学者と、ザタラの姉妹でコマンザタラとファアカッガチュア。そのほかにロボットのダート・ヒュロスがいた。

　この激動の日、ヒュロス・シティも宇宙の変化と無縁ではいられなかった。ザタラたちがまだ気づかぬうちに、目に見えないエネルギーが、ジジ・フッゼルのヴィールス・ゴンドラに流れこんだのだ。

その瞬間、フアカッガチュアが、ちいさな友に危険が迫るのを察知した。コマンザタラに伝えようとしたが、遅すぎた。ヴィールス・インペリウムの最後の産物かもしれない、ヴィールス・ゴンドラは爆発した。爆発というより、実際には内破だった。そして一瞬でジジ・フッゼルの命を奪ったのだ。

ジジ・フッゼルの最期の思考がザタラたちの意識中枢へ奔流し、遠方からのハイパーエネルギー成分と混ざり合って、姉妹を錯乱の渦におとしいれた。

広大な宇宙にはだれひとり、この運命により添う者はなかった。ドリフェルはそのような些事《さじ》に気をとめたりしない。

女性植物知性体はどちらも枯れてしまった。その花は暗いブルーの鈍い光を発していた。これは絶望、無力感、悲しみの表現だ。ヴィールス・ゴンドラはもう存在しない。ジジ・フッゼルがのこしたものは、すぐに荒野の砂に埋もれてしまうような、わずかな残骸だけだった。だが、ここにまだ動くものがあった。

ダート・ヒュロスだ。ロボットはこの出来ごとを理解できずにいた。それでもかれは行動した。みずからの主人を埋葬し、両ザタラの面倒をみることになる。

*

この恐ろしい日から一年以上さかのぼる四四六年十一月の末。天の川銀河に、ソト＝

ティグ・イアン、別名スティギアンに終わりが近いことをしめす、最初の兆《きざ》しがあらわれた。かれを支援するためにやってきたはずのナックのアルフラルとその同胞四名が、ムウン銀河の〝番人の失われた贈り物〟を操作し、無力化した。スティギアンはそれを使ってみずからの権力を強化するつもりだった。この決定的なツールを、ナックはスティギアンから奪ったのだ。だが、ソトにはまだほかにも使用できる強力な武器があった。かれは天の川銀河中心のブラックホールを制御していた。これを爆発させると脅してきたのだ。そうなれば、銀河系は確実に破滅する。

　この騒動に直接的にも間接的にも巻きこまれることになった天の川銀河の生命体のひとつが、シガ星人の生物学者で、もとヴィーロ宙航士のジジ・フッゼルだった。惑星スヴォーフォンで彼女と暮らす、謎に満ちたザタラの姉妹、コマンザタラとファカッガチュアが、この騒動の一因だったのだ。

　まず、この姉妹はさし迫る危険を予言した。その後、親族の絆《きずな》を持つカルタン人のグアング・ダ＝ガードを遠方で探知し、訪ねることにした。この訪問で、ザタラはカルタン種族と密接な結びつきがあることがわかった。両者の故郷は同じだったのだ。かつてザタラが情報を集めて提供していた種族であるカルタン人を、コマンザタラはついに見つけだした。彼女のこれまでの果てしない探究は、それをめざしていたのだった。

　この出会いの場に、ナックのアルフラルが居合わせた。アルフラルは独自の視点でザタラの予言が正しいことをたしかめると、四名の同族とともに、〝番人の失われた贈り物〟を無力化したのだ。

こうして天の川銀河の種族は危険のひとつは回避したが、まだひとつ危険はのこっていた。ソトはブラックホールを活性化すると脅しをかけていた。

こうした状況を背景に、ジジ・フッゼルはグアング・ダ＝ガードに出会ったのち、ザタラの姉妹とともにスヴォーフォンの人里はなれたヒュロス・シティに引きこもった。天の川銀河の出来ごとには三名とも関心が薄かったし、姉妹がたどってきた運命はほぼ解明されたと思われたからだ。

だが、ジジ・フッゼルが閑居をきめたのには、べつの理由もあった。彼女は力の集合体エスタルトゥの実情を知っていた。ザタラの姉妹によって、数百万光年という天文学的距離の出来ごとさえ伝えられる情報源も手にしていたから。

ソト＝ティグ・イアンは、自分にとって危険な知識の持ち主が、まだ存在していることを知っていた。ジジ・フッゼルを排除しようとしたかれの試みは、十六年前の最初のときと同様に、最近も失敗していたからだ。

スティギアンがそれより大きな問題をかかえていたことはたしかだ。ギャラクティカーとカルタン人が、かれへの対抗活動を強化していた。それでもジジ・フッゼルは、だから自分はもう安全であるとは思えなかった。たとえ最近のほぼすべてのシュプールを消して、スヴォーフォンの閑居に身をかくしていても。

スティギアンの手下による最近の攻撃は、ザタラの姉妹のおかげで防御することができた。その後、ジジ・フッゼルは疲れ果てた両植物知性体と、傷ついたダート・ヒュロスを連れて、ヒュロス・シティにもどっていたのだった。

ヒュロス・シティは二棟の小屋で構成されていた。高さはいずれも一メートルに満たない。小屋は、わずかに植物がはえた、ふたつの小高い丘にはさまれた窪地に建っていた。ジジは意識的にこのさびしい場所を選んでいた。彼女のロボット、ダート・ヒュロスに、一方向からしか見えないように小屋を建てさせた。屋根も側壁も砂色でカムフラージュし、ここに人工物が存在することが、一見しただけではわからないようにした。一方の小屋には、土を入れた鉢のなかでザタラの姉妹、コマンザタラとファアカッガチュアが暮らしていた。小屋のなかにはもうひとつ、大き目の桶があり、つねにきれいな水で満たされていた。横には小型の冷却装置があった。その冷却コイルが桶の水のなかへのびており、いつでも数分以内に水を氷にすることができた。ザタラたちにはときに氷が必要だった。ザタラは消耗すると、氷の上で死ぬことによって再生するのだ。そうすると、以前の知識を保持したまま再生できる。そのしくみは生物学者のジジにもまだ、完全にはわからない。

もうひとつの小屋は、ジジが野外や農場で研究活動にはげんでいるとき以外に、いつも滞在し、休息する場所だった。屋内は、ダート・ヒュロスも入ることができる充分な大きさと長さがあった。もっとも、このロボットの身長は二メートル以上あったので、入るためには、はいつくばる必要があったが。

通常はここにヴィールス・ゴンドラも置いてあった。完全自立型の小型船で、ヴィーロ宙航士として出発した当時に用意されたものだ。このゴンドラは生活に必要なすべてのものをそなえ、キッチンや寝室、衛生施設としても使用できる。ちいさな多目的実験室や、ジジがヴィー精神と呼ぶ独自の知性もそなえていた。この小屋ののこりの部屋には、ジジがスヴォーフォンの首都、スヴァトランでこれまでに入手した、さまざまな実験機器が置かれていた。

以上が、最初のショックに襲われる前のおもな出来ごとだ。

ジジの友である両植物知性体は、未来に奇蹟は期待していなかった。でもふたりには明確な目標があった。ふたりは銀河系内外の最新の出来ごとを観察し、驚異的な知覚能力でかなりの情報をつかんでいた。

こうした出来ごとに直接関与することは、ジジ・フッゼルにとっても、両ザタラにとっても問題外だった。彼女たちは戦士ではなかったからだ。たとえコマンザタラが十六年前に、また最近のスティギアンの部下たちによる攻撃に対しては、彼女とともにファカッガチュアも、恐るべき能力を発揮してジジを守っていたとしても。

それに、このちいさなコロニーには武器がなかった。ダート・ヒュロスですらそなえていない。ジジはここスヴォーフォンとザタラそのものに関する生物学的な研究活動が、みずからの使命であると考えていた。ザタラたちも、エスタルトゥの帝国と天の川銀河のあいだの状況が安定し、大きな危険なくザタラの故郷惑星を探しにいけるようになるまで、忍耐強く待つつもりでいた。

故郷惑星を探し出すこと。それこそがコマンザタラとファアカッガチュアの真の目標であり、ほぼそれだけに専念していた。あの忘れようもない日、四四八年二月二十八日までにふたりが調べ出したことが、ジジのダイアリイに記されている。

そこには、ザタラの姉妹が交互に伝えた言葉が、一言一句そのまま書きとめられていた。

わたしたちは〝観念遠足〟で故郷への道を見つけたの。故郷はまだわからない。でも、この宇宙にないことはわかる。わたしたちの故郷は三角座銀河でも、力の集合体エスタルトゥでもない。わたしたちはこの異空間の出身ではないの。タルカン宇宙からきたのよ！

タルカンがわたしたちの故郷。ジジ、あなたにとっては異宇宙のタルカンで、さらに故郷を探すわ。思考をもっとひろげて、ふたりで言葉にできない精神的な発見の旅に出るの。この旅がわたしたちの疑問に答えをくれるでしょう。

わたしたちザタラはタルカンという異宇宙からきたの。いま、わたしたち姉妹は、ここでまだ生きている。でも、アルドルイタンザロはきっともう、生きていない。衛星イジャルコルにいたわたしたちの母、ケラ＝フア＝ザタラも。マジュンタ・ハイブリッドは無理やり共生関係から引きはなされた。これがメエコラーのザタラの歴史よ。メエコラーとはあなたの宇宙のこと。わたしたちの銀河はハンガイ、宇宙はタルカン。そこがわたしたちの故郷。

わたしたちの思いは、滅びゆくタルカンにあった。悲しい宇宙に。暗赤色の背景光が死の知らせを告げている宇宙に。

　タルカンは滅びる。わかったのはそれだけではないの。ザタラが多数……いや、数名かしら？……はるか昔にタルカンからメエコラーにやってきたことも。わたしコマンザタラとカルタン人もいっしょだった。わたしたちはカルタン人のために情報を集める役目をした。ザタラはカルタン人が好きだった。ザタラと違って機敏で行動力があるから。ザタラはかれらのために情報の収集に専念したの。

《ナルガ・サント》でタルカンからメエコラーにうつった当時、わたしたちはみな、はげしいショックを受けたわ。わたしたちにとってメエコラーはとても異質だったから。わたしたちの記憶は奪われるか、書き換えられ、能力は平凡になるか、変化してしまった。ザタラは遠くへ散り散りになったの。その多くはエスタルトゥの当時の権力者の手に落ちた。捕らえられ、衛星マジュンタに連行された。両性予知者として働かせるために。

　でも、これらのザタラもみんな、もとはタルカン宇宙の出身よ。数少ない自由の身のザタラは、終わりの見えないプロセスで、この宇宙に適応するしかなかった。それはまだつづいている。わたしのプロセスは加速した。それはファアカッガチュアに会ったから。妹はべつのプロジェクトでタルカンからメエコラーに到着したばかりで、かつてのわたしのようにショックを受けていた。

　いまもわたしの記憶の空白は、知識よりもどんどん大きくなっている。なぜ当時、わたしが同胞やカルタン人とのコンタクトを失ったのかはわからない。でもどうやら、マジュンタに連行される前にタイミングよく、母のケラ＝ファア＝ザタラと逃亡できたみたい。アルドルイタンザロも同様だったにちがいないわ。でも、わたしたち逃亡者同士のコンタクトも失われてしまった。

　ジジ、あなたにタルカンのことを伝えたら、あなたは驚くでしょう。故郷惑星はまだ、見つかっていない。観念遠足を中断しないといけなかったから。でも、わたしたちが進んだ道は正しかった。はじめて、変異した男性のザタラを見つけたの。かれは土がなくても、自分の根で移動できた。名はザータルー＝オタラ、別名ファアマチュカ。

かれは大きな危険にさらされていたの。だれがかれを死から救ったか。親愛なる友、あなたには当てられないでしょう。それはテラナーのペリー・ローダンよ！　そう、驚いたでしょう。あなたたちのペリー・ローダンはいま、タルカンにいる。

それだけではないわ、ジジ。ハンガイ銀河のいくつかの部分が最近、あなたたちの宇宙、メエコラーに遷移したの。このことは天の川銀河ではまだひろくは知られていないようね。滅びゆくタルカンを救う、太古の計画があるの。生命をのせた銀河の一部分が異宇宙に移動する……そしてメエコラーにやってくる。このとほうもないプロジェクトの先駆者は、まちがいなくカルタン人よ。

ハンガイ銀河の複数の部分がすでにここ、メエコラーに到着しているの。わたしたちに精神の橋をかけさせるものが、これで生まれる。わたしたちは故郷惑星を見つけてみせる。すでに見てはいるけれど、場所がまだよくわからないの。わたしたちはザータル＝オタラを探し出し、わが種族を復興させてみせる。

わたしたちは故郷を見たの。とても美しいのよ、ジジ。

ハンガイ銀河にあるわたしたちの故郷は美しい。ハンガイ銀河はもうすぐそこ。たりないのは、あと四分の一だけ。この部分は四四八年二月二十八日にあなたの宇宙にあらわれる。

そうしたら、わたしたちは旅に出るわ。故郷とザータル＝オタラを探す旅に……

結果は異なった。

ジジ・フッゼルは死んだ。ヴィールス・ゴンドラはもう存在しない。ドリフェルから放出されたハイパーエネルギーの嵐に一掃されたのだ。両ザタラはからだが麻痺し、意識存在から引きはなされた。もはや、死の手にゆだねられたも同然だった。

*

ダート・ヒュロスはまだ機能した。やや風変わりなこのロボットは、ジジ・フッゼルが何年も前にテラで手に入れたものだ。かれは本当の名前をおぼえていない。その記憶をジジがすぐに記憶装置から消去し、パラディン・ロボットに搭乗したシガ星人のスペシャリストで、有名な武器マイスターだった男の名前を授けたからだ。

ダート・ヒュロスはエルトルス人の姿をしていた。なので変装すると、太い柱のような脚と筋肉パックを持つ屈強なテラナーに見えた。事実、この丸太のような脚が、ジジが購入を決めた決定的な理由だった。両脚にはひろい空洞があり、ザタラの姉妹がかくれるのに充分なひろさだったからだ。

このロボットには、シガ星人の科学者たちが何日もかけて完成させた、すぐれたプログラミングが組みこまれている。それでも、かれはこの出来ごとを理解できなかった。かれの主人は死んでしまった。ジジのヴィールス・ゴンドラは自己破壊。のこったものは、わずかな残骸だけだった。

かれはヒュロス・シティの小屋の横にちいさな墓を建てた。小石を積みあげ、その上に真鍮《しんちゅう》の合金を加工してつくった十字架を飾った。そして十字架の横木に〝ジジ〟と刻んだ。

ザタラたちはこの作業にくわわらなかった。両植物知性体がまだ生きているのかどうかさえ、かれには定かではなかった。

ダート・ヒュロスはパーラフォンを搭載していた。この小型の機器は、ジジがヴィールス・ゴンドラのヴィー精神の助けを借りて、かつてのパートナー、ライナー・ディクとともに開発したものだ。これを使うと、ザタラたちの言葉が理解しやすくなった。

かれはパーラフォンを使って、コマンザタラとフアカッガチュアに話しかけてみた。応答はない。その外見からも、返事は期待できなかった。以前は花が明るい赤の光を放っていたが、いまは暗いブルーの微光を発するだけだ。葉はぐったりと垂れさがっている。茎はぐにゃりと曲がり、地面につきそうだった。

ダート・ヒュロスは冷却装置を作動させた。数分もすると、桶の水が凍って氷になった。まず、コマンザタラをそっと土からとり出し、氷の上にのせた。これで再生を開始できるはず。だが、コマンザタラは反応しなかった。

こんどはフアカッガチュアを鉢から持ちあげ、姉のそばの氷の上に置いた。姉妹のためにかれができることは、もうなかった。ザタラの不思議な生活リズムや代謝の秘密について、それ以上のことは知らなかったからだ。

ロボットは、プログラミングされた永遠の忍耐力で待ちつづけた。両ザタラが動く気配はない。だが、さらにしおれてゆくようすもない。かれは確信した。ふたりはまだ生きている。

ジジ・フッゼルの死から三週間後のことだった。ファカッガチュアが突然、頭を持ちあげると、数秒後には崩れ落ちて灰と化し、あっという間に氷のなかにしみこんだ。ザタラの再生プロセスはこのようにはじまることを、ダート・ヒュロスは知っていた。だがかれには、これが再生なのか、ファカッガチュアが永遠の死を迎えたのか、判断できなかった。

なにも起きないまま、数時間が経過した。すると、コマンザタラが妹と同じ動きをして、灰黒色の塵《ちり》に崩壊した。ダート・ヒュロスはなすすべもなく、一連の変化を視覚システムで追っていた。ファカッガチュアはとっくに再生しているはずなのに、その兆候はなかった。

かれは自分のあらゆるプログラムとメモリを徹底的に調べた。既知のデータをもとにあらたな思考を展開した。しかし、姉妹を助ける具体的な行動につながるものは、なにも見つからなかった。かれにのこされた道はただひとつ。待つことだった。

ようやく、フアカッガチュアがしみこんだ氷の場所に、ほんのちいさな幼植物が芽生えると、ロボットのポジトロン回路も生気をとりもどした。

フアカッガチュアはどんどん伸びていく。数秒後には、コマンザタラにも妹と同じ動きがあった。

ザタラの姉妹がふつうの大きさに達したとき、ダート・ヒュロスはパーラフォンを介してふたりに呼びかけた。応答はなかったが、かれは驚かなかった。氷のなかで再生した姉妹は、再生前とまったく変わらぬ姿だったからだ。その理由はロボットには謎だった。

花は依然として暗いブルーの鈍い光を発していた。葉はぐったりと垂れ、茎は地面に向かってぐにゃりと曲がっている。これではコミュニケーションは期待できなかった。姉妹が受けたショックは、あまりにも深くふたりに刻みこまれたようだった。

かれは両ザタラをそっと氷から持ちあげ、土と培養液を入れた鉢に置いた。ふつうなら、柔らかい根がぐんぐん土のなかに消えていく。だが、姉妹の根はごくゆっくりと曲線を描き、ためらいがちに土のなかへと進んでいった。それ以外の反応は確認できなかった。

ロボットはまた、辛抱強く待った。かれはあと数十年はたりるようにエネルギーを備蓄した。非常時にはエルトルス人に変装し、ここ惑星スヴォーフォンの首都、スヴァトランに飛べばいい。ジジ・フッゼルは充分な資金をのこしてくれたので、たいていのものは、ジジのクレジットカードで手に入れることができる。

天の川銀河や、局部銀河群のほかの銀河、ハンガイ銀河やそのほかの場所でなにが起きているのか、かれは知らなかった。主要な情報源だった両ザタラが沈黙しているからだ。ふたりがパラ感覚で遠くに聞き耳をたてれば、情報が手に入った。ただ、ジジは時事には関心がなく、結果的にダート・ヒュロスもそうなった。

三年間、この状況は変わらなかった。ロボットはみずからが持つ、小型プラズマ・パーツの作動を停止した。このパーツが単調すぎる動作で、精神の損傷を受けることを避けるためだ。

ジジがヒューロ・シティ周辺につくった農地は、気象の影響でとうに荒れ果てていた。ロボットは主人が死んだあと、その管理をする理由はないと判断した。

その後もコマンザタラとファカッガチュアに動く気配はなかった。生きてはいたが、死んでいるようだった。

そんなある日、ザタラの姉妹がふたりとも倒れこんだ。ダート・ヒュロスは冷却装置を起動。桶が氷で満たされると、ぐったりした姉妹のからだをいつものように、そっと氷の上に置いた。たちまち、ふたりのからだは塵と化した。二時間後に再生したものの、ほとんど回復していないように見えた。姉妹は無言のままだったが、その花はいくぶん、鮮やかさを増していた。

かれはパーラフォンで音とテレパシーを増幅させて呼びかけてみたが、今回も応答はなかった。

彼女たちは生きている。それをダート・ヒュロスは知っている。ただそれだけだった。その後もかれはプログラミングどおりに、生死の境をさまようか弱い知性体の面倒を見つづけた。変化のない存在をいやがりもせずに。忍耐強く再生の数をかぞえ、なにごともなく過ぎ去る年月をかぞえるのだった。

五十年近くが過ぎたころ、コマンザタラが氷のなかで再生したあとに、はじめてからだを動かした。

「危険よ！」コマンザタラはほとんど聞きとれないような声でうめいた。「天の川銀河全体にものすごい危険が迫っている！　わたしたちに近づいて閉じこめようとしているわ。もうすぐよ。ジジ、助けて！」

「ジジはずいぶん前に死にました」ダート・ヒュロスは答えた。

ロボットの小型プラズマ・パーツは、ようやくザタラのひとりの声が聞けたことをよろこんだ。一方で、コマンザタラをひどく落胆させたことが悲しかった。彼女はこの現実を受けとめきれていなかったのだ。

ファカッガチュアもささやいた。

「ダート！　ショックからいくらか立ちなおったと思ったら、はるかに大きなショックが迫っているの。もうすぐ、想像を絶する出来ごとが起きるわ。わたしたちを天の川銀河から脱出させて！　大事なことなの。わたしたちは動けない。助けて！　遠くへ連れていって。ハンガイ銀河へ。それか、マゼラン星雲へ。どこでもいいわ。この天の川銀河から出られれば」

「なぜですか？」ダート・ヒュロスは訊ねた。

返事はない。両ザタラはまた倒れこんでしまった。その花はもう、まったく光を放たない。真っ黒だ。こんな色は、ザタラたちが最悪の状態だったときにも見たことがなかった。

「天の川銀河から出たいのか」ロボットはつぶやいた。「どうすれば連れ出せるだろう？　宇宙船もないし、操縦もできない。わたしの飛行能力では、スヴァトランまで往復するのが精いっぱい。いちばん近い恒星系でも無理だ」

かれは小屋を出て、恒星スヴァフトの夕日を浴びながら、亡《な》くなった主人の墓の前に立った。金属製の十字架にはすでに、明らかな腐朽の跡がみとめられた。

「ジジ！」ロボットはいった。「助けにきてくれませんか。あなたが必要なのです。もう、どうしたらいいかわかりません」

夕方のひんやりとした風が安定したメロディをかなでる。それ以外、なにも聞こえない。ダート・ヒュロスは重い足どりで小屋へ向かい、身動きしない両ザタラのもとへもどった。

# 2

NGZ一一四三年六月十三日……

ペリー・ローダンは唇を噛んだ。《シマロン》がリシュタル星系に接近するあいだに、《ソロン》のウィド・ヘルフリッチからよくない報告があったのだ。それに、いわゆる銀河系船団ののこった十三隻の集合ポイント、フェニックス＝1を出てから、ほとんど成果が得られていない。片手でかぞえられる。いや、五本の指もいらないほどだ。

かつて《ダン・ピコット》の搭載艇の艇長だったウィドのもっとも重大な報告は、指揮官ニッキ・フリッケルの不可解な誘拐だった。ローダンはその詳細も当然気になったが、誘拐という事実だけでもいやな予感がした。ここ数週間の自分たちの行動が、この誘拐に関係しているのではなかろうか。

最近の出来ごとをすこし振り返ってみる。

ハンガイ銀河の最終クオーターが物質化したあとに起こった、想像を絶する現象。これをアンブッシュ・サトーはドリフェル・ショックと呼んだ。その発生後、気づくとべつの場所の、べつの時間にいた。宇宙エネルギーが十四隻の宇宙船を、六百九十五年後の未来へ吹き飛ばしたのだ。このとてつもない事実を、なにごとにも動じない宙航士でさえ、三ヵ月近くたってもまだ消化しきれていない。

突然変異したハウリ人の惑星チャットゥを去ったのち、ペリー・ローダンはXドアの宙域をめざした。最新の情報によれば、そこに《バジス》がいるはずだった。この情報も、六百九十五年がたってしまったいまとなっては、価値があるとは思えなかったが。

案の定、《バジス》のシュプールも、生命の影も見あたらなかった。

ところが、その後《バジス》は発見された……Xドアからおよそ五百光年はなれた場所で、十万のパーツに分解された状態で。乗員はいなかった。ハミラー・チューブだけはまだ作動していたが、記憶喪失を起こしたのか、完全に精神錯乱状態だった。

傷ついたハミラー・チューブはいま、《シマロン》後部の第三格納庫にある。ここでアンブッシュ・サトー、エンザ・マンスール、ノックス・カントル、ヴェエ・ユィイ・リィをはじめとする技術専門家がチューブの謎を解き明かそうとしている。その成果はまだ得られていない。

《モノセロス》は監視船として、《バジス》の十万の断片のそばにとどまった。ペリー・ローダンはこの比類のない船を、たとえばらばらになっていても手放す気はなかったのだ。

調査をつづけると、いくつかのことが明らかになった。それはローダンたちにあらたな精神的ショックをもたらした。まだ完全ではないこの情報は、わずかな言葉でいいあらわすことはできない。それは宇宙情勢にとっては些《さ》細《さい》なことだが、当事者にとっては深刻な事態を意味するものだった。

テラナーはいま、新銀河暦で一一四三年にいる。テラの旧暦では四七三〇年にあたる。宇宙的カタストロフィに等しいドリフェル・ショックののち、局部銀河群の宙域ではげしい戦争がくりひろげられた。この時期から、局部銀河群にハンガイ銀河も属するようになった。

しかし、ハンガイ銀河の種族たちは、もう一体とはならなかった。たがいに争ったすえ、数々の小規模な星間帝国に分裂したのだ。どれもとくに大きな影響力はなさそうだった。

さらなる調査で、マークスとグラドに関することがいくつかわかった。〝伝説〟のペリー・ローダンを捜索するハルト人イホ・トロトについていくため、ポスビが二百の太陽の星をはなれたことも、ローダンの耳に入った。

つまり、イホ・トロトはどこかを航行しているはずだが、具体的なシュプールはまだつかめていない。

これらの乏しい情報に、意図せぬまま六百九十五年の時を超えたという現実をくわえても、その重大性は、たったひとつの驚くべき事実の前に色あせた。その事実とは……故郷の銀河系は何世紀も前から、完全に封鎖されているらしいのだ。なにひとつ、だれひとり、なかに入れないし、外にも出られない。テラナーとアルコン人は、すくなくともマークスとグラドのあいだでは、絶滅したとみられていた。

慄然とするこの情勢は、さらなる事実で裏づけられた。テラナーの故郷銀河は、あらゆる通信を試みても、墓場のようにしずまりかえっていた。外から見ても、死んだようにみえる。探知システムでもなにも確認できない。

メタグラヴ・エンジンを使って未知のバリアを突破する試みは、ことごとく失敗した。まさしく狂気のバリアだった。銀河全体の遮断がどうやって実現されたのか、まだだれにも説明できていない。

失敗の連鎖はつづき、〝サトラングの隠者〟の救出も失敗に終わった。その背後に天才ジェフリー・アベル・ワリンジャーがかくれていたと知り、ローダンたちは大きなショックを受けた。

ワリンジャーは死んだ……未知勢力の侵攻を受け、細胞活性装置を奪われたのだ。かれは〝狂気のバリア〟に対する新しい用語をのこしていった。それは〝クロノパルス壁〟だ！

ペリー・ローダンと指揮官たち、とくにアトラン、レジナルド・ブル、ジュリアン・

ティフラー、ダオ・リン＝ヘイは、果敢に行動を開始した。ローダンはポルレイターとコンタクトをとるため、みずから《シマロン》でM‐3へ向かった。そして第二の目的地を大マゼラン星雲のグラドの惑星、アイシュラン＝ホと定めた。

ジュリアン・ティフラー指揮下の《ペルセウス》はポイント・シラグサを目的地に選んだ。宇宙ハンザの研究所で過去の出来ごとの記録を探すためだ。

フェニックス＝1は空虚空間での集合ポイントとして、サトラングから百八十五光年、球状星団M‐30辺縁部からアンドロメダ銀河の方角へ百十光年の距離に設営された。

ペリー・ローダンは、ポルレイターとのコンタクトを試みたが、やはり失敗に終わった。かれは五惑星施設、新モラガン・ポルドが破壊されているのを発見する。ここで出会った生命体は一名のみ。驚くことに、それはナックだった。

このナックとポルレイターにどんな関係があるのかは謎のままだった。ともあれローダンは、ポルレイターがいるという場所の情報を得た。それは恒星ボレアの惑星ガットムだった。

テラナーはそこでポルレイターのラフサテル＝コロ＝ソスと遭遇した。かれの現在の活動体はヒューマノイドの姿だった。多くは聞き出せなかったが、ポルレイターはもう局部銀河群の種族とはかかわりたくないことがわかった。

ＮＧＺ四二六年の同盟は、かれらにとってはもう存在しない。破棄されたとみなされ、無効になっていた。ポルレイターは永遠に隔絶された存在として生きていくつもりだった。

ペリー・ローダンが惑星ガットムへの着陸を許されたのは、深淵の騎士の資格を持つからだ。それもたいした役には立たなかった。ポルレイターは、着陸許可は一度だけだと断言した。

その意図を、ローダンは感じとっていた。ラフサテル＝コロ＝ソスはやがて、謎めいた言葉でローダンに別れを告げた。「きみはもう恒星ボレアをふたたび見ることはない！」

事実、《シマロン》がスタートしてから、この恒星を確認できていない。ポルレイターたちはこの恒星を、惑星もろとも消し去ったのだ。ラフサテル＝コロ＝ソスは、ただ短く圧縮された無線メッセージだけをローダンにのこしていた。

「さらなる助言をひとつあたえる、ペリー・ローダン。きみがその好奇心を満足させたいのであれば、過去の柱がそびえ立っているところを探せ。アムリンガルの時の石板を読むのだ！」

過去の柱！

アムリンガルの時の石板！

謎めいたこの言葉で、ポルレイターはきっと、永遠の別れを告げたのだ。ローダンは過ぎ去った約七世紀の謎を解こうとしたが、逆にあらたな解けない謎にぶつかっただけだった。

一一四三年六月十日、ローダンは最終的にボレア星系のあった宙域をあとにした。つぎの目的地はグラドの惑星、アイシュラン＝ホだ。《シマロン》は無事、リシュタル星系付近に到達した。

ローダンはすぐに《ソロン》と通信し、ニッキが誘拐されたことを知ったのだった。

「くわしい情報がほしい、ウィド」ローダンはいった。「そのために、わたしが《ソロン》に行く。着陸許可はとれそうか？　グラドのようすはどうだ？」

「グラドの現地当局は、ニッキの捜索に非協力的です」ウィド・ヘルフリッチは伝えた。「われわれは歓迎されてないみたいでね。でも、着陸許可に大きな問題はないでしょう」

「《シマロン》の着陸許可をとってくれ。グラドがわたしの目をごまかせると思ったら大まちがいだ。この七百年間にグラドは技術を大きく向上させたにちがいないが、《ソロン》と《シマロン》があれば、引けをとることはない。着陸したら、はっぱをかけよう」

「了解です、ペリー」ウィドは安堵した。「できるだけのことをやっておきますよ。あなたに知っておいてほしいことは、ナークトルがシントロニクスで用意してます。あなたがきてくれてよかった」

「みんな、ぼくのことを忘れてない？」グッキーがうしろで口をとがらす。

「まあ、そうあわてなさんな」と、ローダン。「きみにはすべての行動に参加してもらおうと思っている」

「がってんだ」

ネズミ＝ビーバーは一本牙《きば》をちらっとみせた。「ぼんやりすわっているのは性に合わないかんね。そろそろ、なんか起きてもいいころだよ」

数分後、《シマロン》に着陸許可がおりたとグラドが伝えてきた。そっけない口調だった。

「《ソロン》近傍に着陸する！」ペリー・ローダンは告げた。

*

ペリー・ローダンは根気よく、赤髭《ひげ》のスプリンガー、ナークトルと、《ソロン》の船載シントロニクスの言葉を聞いていた。ニッキ・フリッケルの宇宙船のこれまでの航宙に関する報告だ。フェニックス＝1からリシュタル星系に向かって航行中、未知の宇宙船が《ソロン》にはげしい攻撃をくわえてきたが、なんとかハイパー空間に逃げこめたと聞き、ローダンは驚いた。

「その船の画像はあるか？」

「とくに参考になるものはないですね」グッキーとともに情報提供の場に同席していたウィド・ヘルフリッチが残念そうに答えた。これらの報告はすべて《シマロン》に転送され、ローダンの同行者にも周知される。「いずれにせよ、われわれには未知のタイプでしたよ。ニッキのすばやい対応のおかげで、損傷を受けながらもハイパー空間に脱出し、修理できたんです」

「船載ツールで修理できました」シントロニクスが口をはさんだ。「ただ、時間をとられ、かなり遅れてようやくリシュタル星系にたどりついたのです。クロノパルス壁の計測も、この攻撃のせいで、まだ不充分です」

ペリー・ローダンは考えた。《シマロン》と《ソロン》を攻撃した、この未知の敵は何者なのか？　なぜ警告もせず、容赦なく攻撃してきたのか？　どうやって船を特定できたのだろう？　クロノパルス壁の計測は、背信的で挑発的な試みだというのか？　ということは、故郷である銀河系を支配し、クロノパルス壁を設置した、謎の敵が関係しているのだろうか？

疑問だらけだ、と心のなかでつぶやいた。だが、疑問はこれだけではすみそうにない。サトラングの上空でも、見知らぬ宇宙船がかろうじて探知されていた。これはワリンジャーの細胞活性装置を奪った一味の船にちがいなかった。この船と、《シマロン》と

《ソロン》の攻撃者に関係はあるのだろうか？　ペリー・ローダンは、いまは憶測にたよるしかなかった。現下の状況を引き起こした、この六百九十五年間の出来ごとについては、まだ断片的な知識しかない。

《ソロン》はグラドの惑星、アイシュラン＝ホに到着した。ニッキ・フリッケルの喫緊《きっきん》の任務は、獅子人間たちとコンタクトをとり、過去六百九十五年間の出来ごとに関する情報を集めることだった。その結果、既知の情報は正しいことがわかった。グラドは明らかに、この数世紀のあいだに有力な種族へと成長をとげていた。ポスビの二百の太陽の星を引き継いだだけでなく、マークスとも友好関係をむすんでいた。なにより、大マゼラン星雲での地位をかためたようだった。

　そこでニッキ・フリッケルは、グラドと良好な関係を築こうとした。同時に、ここアイシュラン＝ホで、ハルト人イホ・トロトの行動についてなにかわかればと思っていた。アイシュラン＝ホは自由貿易惑星で、問題なく行き来ができる。《ソロン》の着陸許可もスムーズにおりた。

　着陸してすぐに気づいたのは、この惑星では銀河系と両マゼラン星雲の、ほぼすべての既知の宙航種族が活動していることだった。

　これは、ニッキ・フリッケルとその一行が特別な存在ではないことを意味した。そのため、グラドの指導者と公式にコンタクトをとるのは無理だとわかった。アイシュラン

＝ホの当局も、事務的で無愛想《ぶあいそう》だった。

《ソロン》の乗員は大半がパテンベという都市に滞在していた。ここから、情報を得るためのさまざまな試みが開始された。

パテンベはアイシュラン＝ホ最大の都市だ。惑星の九つの小大陸のひとつ、長さ八千キロメートルのゲルカン大陸の北岸に位置する。この惑星は表面の三分の二以上を水域が占める。

パテンベは多様な種族のるつぼだった。ここに、ほぼギャラクティカーだけが住む飛び領地があった。ところが、そこのだれに話を聞いても、銀河系の内部を見たことがないという。銀河系でなにが起きたか、なにが起きているかを知る者はなかった。結局、わかったことはひとつだけだ。

銀河系は、それをとり巻く宇宙から完全に封鎖されている。入ることも出ることもできない。

「アイシュラン＝ホには、はるか昔にグラドが入植しました」シントロニクスはつづけた。「宇宙の基準からいえば、若い惑星です。地殻変動が盛んで、海岸線や山がたえず動いています。銀河系種族にこれほど多く遭遇するというのは、グラドの生活環境ではもちろん、両マゼラン星雲全体でも異例です」

「つまり、大小マゼラン星雲のほかの場所では、めったに銀河系種族に遭遇しないということか」と、ローダン。

「そういうことですが、すこし説明させてください。パテンベは海岸沿いの山の切り立った絶壁に、危険な方法で建設されました。昔からどの異人も、ここに着陸することを禁じられていません。これが、ある種の発展において役割をはたしたにちがいない側面のひとつです」

「なにがいいたい？」ペリー・ローダンは訊ねた。

「ニッキ・フリッケルの誘拐にかかわることです。事情をまず頭に入れていただきたい。アイシュラン＝ホ、とくにパテンベのこの状況が一側面です。もうひとつの側面は、過去六百年、いや、七百年のあいだの、まだよくわかっていない変化です。かつて銀河系は、両マゼラン星雲のすべての住民がアクセス可能でした。ご存じのとおり、いまは違います。この不透明な状況がアイシュラン＝ホに、太古の占術業を復活させたのです。占い師たちは媒体伝達士を名乗り、銀河系住民の子孫があらたな情報や将来の動向を知りたいという切望を食いものにしています。そのうちのひとりが、ニッキ・フリッケルの到着後、コンタクトをとってきたんです」

「ニッキは突飛なことをしがちだが、そんなまやかしにだまされはしないだろう」ペリー・ローダンはいぶかしんだ。

「彼女もわたしたちもみな、降霊会とやらについては、しごく冷静な目で見てましたよ」ナークトルがいった。「それでも、だしものの巧妙な手口には驚かされましたがね。ともかく……その降霊会で過去六百九十五年の歴史の一端は知ることができました。アイシュラン＝ホの住民の視点から見たものにすぎませんが」

「ニッキになにが起きたんだ？」ローダンは話をうながした。

「そこが肝心なところなんですがね」ナークトルはうなずく。「ニッキはトリンダルラーという媒体伝達士を紹介されたんですよ。どうやらその媒体伝達士は〝四本腕の預言者〟の情報を持ってるらしいんですが、すぐにニッキが思い浮かべたのは、もちろん……」

「イホ・トロトか」ローダンがさえぎった。「かれがここで知られているとは驚きだ」

「おっしゃるとおりです」と、ナークトル。「もちろん、ニッキをとめることなどできませんからね。ニッキはトリンダルラーに会うため、人里はなれた場所にあるかれの降霊会研究所を訪れたんです。そこで何者かに捕らえられ、連れ去られてしまった」

「われわれも近くにいたんですよ」ウィド・ヘルフリッチが口をはさむ。「ニッキがトリンダルラーに会おうとした研究所のそばにいて、すぐに助けに駆けつけたんですが、遅かった。銃撃戦で誘拐犯のひとりは倒したんですがね。ニッキは連れ去られたあとで、トリンダルラーの手がかりもつかめませんでした」

「なぜだ？」ペリー・ローダンは声に出して考えた。「この犯行にどんな意味がある？

トリンダルラーはイホ・トロトについて本当になにか知っていたんだろうか。それが未知の敵を挑発したのか？」

「同じことを考えましたがね」と、ナークトル。「答えはでませんでしたよ」

「情報がなさすぎて」深い懸念の表情でウィド・ヘルフリッチはいった。「でも、ひとつだけつかんでいます。倒した敵は、ハイブリッド生命体だとわかりました。あるいはサイボーグか、ドロイドかも。外見は人間の姿でしたがね、内部はロボットの特性が優位でした。残骸は船のラボにあります。焼け焦《こ》げた有機・無機物質の断片で、調べることはできますが、たいした情報は期待できません」

「われわれの分析では出自はわかりませんでした」船載シントロニクスが伝える。「グラド当局とも連絡をとりましたが、そのようなハイブリッド生命体は知らないの一点張りでした。それはどうも本当のようです。アイシュラン＝ホにはサイボーグ、ドロイド、アンドロイドのたぐいはいないといわれました。グラドは口数がすくなくて」

「誘拐事件の解決を手助けする気もなさそうでしたよ」ナークトルが補足した。「グラドは聞く耳を持ちません」

「状況は以上だな？」ペリー・ローダンは確認し、考えこんだ。情報は増えたものの、かれを悩ます疑問は増すばかりだった。

緊急度がもっとも高い問題は、ニッキ・フリッケルの解放だ。ハイブリッド生命体も注目に値《あた》いするかもしれないが、おそらく未知の敵の補助役にすぎないだろう。

　補助役のうしろにかくれているのはだれだ？

　それこそが肝心な問題だ！

「トリンダルラーについてわかっていることは？」ローダンは訊ねた。

「かれはシャンガントです」船載シントロニクスが説明する。「この種族はグラドの一派で、故郷惑星はラシュタ星系のオッパク。総じてきゃしゃで、平均身長が一・五メートルと、グラドの標準よりも低く、大半が淡色のたてがみをそなえています。シャンガントは科学者や思想家の種族といわれます。きっと、天性の媒体伝達士なのでしょう」

「トリンダルラー本人については？」

「写真があるのでお見せします。トリンダルラーは身長が一・四一メートルで、体重は四十キログラムもありません。たてがみは雪のように白い。衣服は銀色のローブで、見る角度で変化するホログラムが何層も織りこまれています。胸にはグラド氏族の紋章、矢が貫いた赤い球が、奥行感のあるホログラムで描かれています。シャンガントがこの紋章をつけているのはきわめて異例です。かれらがいくら母惑星ボウルタトのグラド氏族のなかで政治的に優位であったとしてもです」

　ペリー・ローダンは写真にさっと目を通すと、コンビネーションに押しこんだ。

「いつ出発するんだい？」黙って情報交換につきあっていたグッキーが訊ねた。

「いまだ！」テラナーは答えた。

＊

ペリー・ローダンは《シマロン》との必要な接続を確立させた。全長二百メートルのこの船は、反撥フィールドに支持されて、《ソロン》近傍の、アイシュラン＝ホの地表から数メートル上空に浮いている。

「この件はわたしがみずから解明にあたる」ローダンはいった。「ニッキ・フリッケルを手遅れになる前に探し出さなくては。グッキーとウィド・ヘルフリッチに同行してもらおう。今回はイルトの特殊能力が欠かせないし、ウィドはパテンベにくわしいから」

「すこし手薄では？」レジナルド・ブルがいった。

「そのとおりだ、ご老体」ローダンはほほえんだ。「これで全員ではない。有能な技術者と、いざというときのため、おそらくニッキのためにも医師が必要だ」

「首席船医のセッジ・ミドメイズが同行できます」ブルはいった。「有能な技術者のほうはすこしむずかしいですね。アンブッシュ・サトーがハミラー・チューブの謎を解明するため、主要な技術者を呼び集めているのはご存じでしょう」

「すぐにアンブッシュと連絡をとってくれ」と、ローダン。「技術者がひとり必要なんだ。セッジ・ミドメイズにはすぐに《ソロン》にきてもらってくれ」

「アンブッシュ!」ブルがぼやく。「また待ち伏せか!」

「どういう意味だ?」驚いてローダンはいった。

「英語はもうお忘れですかい?」レジナルド・ブルはからかった。「アンブッシュは〝待ち伏せ〟ですよ。ひとの名前だからしょうがないが、〝待ち伏せ〟・サトーなんて変な名前だ」

「とにかく訊いてみたまえ!」ローダンはうながした。

「もちろんです」ブルはすなおに応じた。「首席船医のミドメイズは数分もあればつかまるでしょう。有能な技術者もきっとみつかりますよ。でも、待ち伏せくんではないでしょうね。かれはハミラー・チューブと遊んでますから。いや、遊ばれているのかも」

セッジ・ミドメイズは《シマロン》では目立たないタイプだが、専門家として認められ、好かれていた。生粋《きっすい》のテラナーで、身長は一・七四メートル。短い巻き髪。顔の特徴は、並はずれて大きい鼻と、幅ひろく唇が厚い口。話し好きでよくしゃべるが、ときどきしつこい。思ったことをあわてて口に出そうとすると早口になり、言葉が混乱することもある。でも、かれの声には、心地よい深い響きがあった。船内にはかれは偏平足だという噂があったが、それはぎこちない歩き方のせいだ。

ペリー・ローダンはナークトルのほうを向いた。

「グラド当局と連絡をとってくれ。要人と話がしたい。断られないようにな」

パテンベの役人とやりとりの経験があったナークトルはうなずいた。ローダンが通信システムのスクリーンに目をむけると、画面にまたレジナルド・ブルの顔があらわれた。

「セッジ・ミドメイズはもう向かっています」赤毛は報告した。「アンブッシュはヴェエ・ユィイ・リィを参加させるそうですよ。かれも数分後には《ソロン》に着きます」

ヴェエ・ユィイ・リィは《シマロン》の首席技師で、ペリー・ローダンもよく知っていた。カドラング出身のこの経験豊かなブルー族は、危機的な状況でも信頼できる男だ。これでペリー・ローダンのチームが完成した。

《シマロン》の首席船医と首席技師が《ソロン》にそろったときには、ウィド・ヘルフリッチが操縦するグライダーの準備ができていた。ナークトルはようやく、アイシュラン＝ホの当局と連絡がついた。かれはローダンにきてほしいと合図する。

「パテンベ公安捜査局のジョコム＝ナールです」ナークトルはスクリーンを指さした。そこには不機嫌そうなグラドがうつっている。「かれの管轄地区でニッキが誘拐されました。前回、やりとりしたのは特別監察官のプラヴヴェロクですが、かれはべつの業務中のようです」

　ペリー・ローダンはレンズの前に立つと、すこしのあいだ、無言でグラドを観察した。

「きみはテラナーのひとりだな」ジョコム＝ナールは挨拶もせずに確認した。どこか冷淡で、さげすむような口調だった。

「わたしはペリー・ローダンだ」

「ペリー・ローダンだと？」グラドはふくみ笑いをした。「笑わせるな！　昔、曾祖父から聞いたおとぎ話に、ペリー・ローダンが出てきたぞ。もっとましな名前にしたらどうだ。ご用件は？　時間がもったいないので手短かにしてくれ」

「あなたの担当地区で、わたしの遠征隊の一員が誘拐されたのだ」ローダンはかれの言葉を無視していった。「この犯罪の解明に協力を願いたい」

「その件なら解決ずみだ」グラドは主張した。「ほかになにか？」

「そちらの指導的な代表者と話がしたい」テラナーの声は明らかにきびしくなった。

「この件が解決ずみとはばかげた話だ。協力を拒否しつづけるなら、やむをえず手荒い手段をとることになるぞ」

「脅しのようだが」ジョコム＝ナールはにやりとした。「相手にしないでおこう。代表者と話がしたければ、ジェロ＝ブロックに行きたまえ」

　グラドの顔が画面から消え、パテンベの地図の一部があらわれた。急峻《きゅうしゅん》な山腹の大きな建物に、赤い丸がついている。地図はほんの数秒で消えてしまった。通信システムの制御信号が、接続が一方的に切られたことを知らせた。画面は暗いままだった。

「この獅子人間はなにさまのつもりだ！」ローダンは唇を嚙んだ。

「なにさまでもないよ、たぶん」グッキーがまじめに返す。「きみは昔々のおとぎ話の人物なんだってさ。当分のあいだ、べつの名前にしといたら？　また誤解されないように、いい名前を考えておくよ」

「ジェロ＝ブロックの場所は知ってますよ」ウィド・ヘルフリッチが、出発準備ができたグライダーから伝えてきた。「われわれの仲間がふたり、行ったことがあるんでね。その建物に、困窮した非グラドの連絡事務所があるんです」

「それは期待できる」ローダンはいった。「とにかく飛んでみよう。頑固者たちの尻をたたいてやる」

「まず、はっきりさせる必要があるのは」と、ネズミ＝ビーバー。「連中がなんで、そんなに非協力的なのか、ってことさ」

一行は数分後には、パテンベへと向かっていた。

# 3

「わたしたちを天の川銀河から脱出させて！」

ファアカッガチュアのこの最後の言葉をメモリに刻みつけ、ダート・ヒュロスは惑星スヴォーフォンの首都、スヴァトランへ向かった。

かつての主人、ジジ・フッゼルが搭載させた背部の反重力エンジンは、動作がとぎれがちだった。もう長いこと使っていなかったせいだ。

ロボットは五十年近く、スヴァトランを訪れていなかったので、多少の変化は覚悟していた。ジジの友人に会えるかどうかもわからない。

夕暮れになるころ、ダート・ヒュロスは町のはずれに到着した。見おぼえのあるアクセス・シャフトを地下へと進むと、そこには武装したロボットたちが待っていた。センサーシステムでかれをくまなくチェックする。

「とまれ！」一体のロボットが命じ、ダート・ヒュロスは立ちどまる。

「おまえのなかに、ほんものの命はあるか？」べつの監視ロボットがいぶかしげに訊ねる。ダート・ヒュロスのからだを未知の機器で調べまわすと、機器からブザー音が鳴った。

「いいえ」ダート・ヒュロスは答えた。「わたしはただのロボットです」

すると通行が許可された。かれは首をひねった。この変わった検問にどんな意味があるんだろう。だが、数分後にはもう忘れていた。ただ漠然と、この町はなにかが変わったと感じるだけだった。

スヴァトランの地下の内部は、異様にしずまり返っていた。スヴォーン人もほとんど見かけない。以前は日常風景の一部となっていたほかの生命体は、まったく見あたらなかった。四百万をこえる生命体がすむ……いや、かつてすんでいたこの巨大都市は、死に絶えたかのようだった。

ダート・ヒュロスはまず、かつてジジの依頼で何度も調達に行ったことのある技術工場をめざした。当時はクロスというテラナーが工場主だった。

工場の入口は閉鎖されていた。扉に注意書きのプレートがあり、その文字はかろうじて読めた。〝移住のため、四六一に閉業。クロス〟

四六一か。ロボットは考えこんだ。この数字が年だとしたら、このプレートは二十五年も前のものだ。ここでなにが起きたんだろう？　なにが変わったんだろう？

ダート・ヒュロスは急いで宇宙港の地下部分に行ってみた。ここでもロボットの検問があったが、とめられることはなかった。ようやくここで、ふたりのスヴォーン人を発見した。かれは、興奮したようすで話をしているふたりに近づいた。

「友よ」呼びかけた声はしゃがれている。かれの人工音声は経年で劣化していた。「わたしは五十年間、荒地で暮らしており、久しぶりにスヴァトランにやってきました。すっかりようすが変わっていますが、なぜですか？　なにが起きたのでしょう？　スヴォーン人はどこへ行ったのですか？」

「なにがほしいんだ？」キュウリ形生命体は無愛想に訊きかえした。

「情報です」

「なにもない。ほかには？」

「じつは、憐れな植物知性体が二名、スヴォーフォンを出たがっているんです」

　スヴォーン人はふたりとも笑った。「出たくない者がいるのかね？　金はあるか？」

「もちろん」と、ダート・ヒュロスは答えた。金はまだ充分にあるし、ジジの口座代理人の権利もある。ただ、この権利はまだ有効なのだろうか。

「情報をひとつ、売ってやるよ」大きいほうがもちかける。「千ギャラクスだ」

　かなりの金額だったが、ロボットは要求どおりに金をわたした。スヴォーン人はすぐさま金を肩かけのかばんにしまうと、意味ありげな表情で声を押し殺した。

「ジョッポコス・トロイデに聞いてみろ。かれは第十四格納庫にいる。かれならまだ、宇宙船の席を用意できるかもしれない。かれに会ったら、ルップとエイジティーから聞いてきたといえ」

ふたりのちいさい生物は、もうダート・ヒュロスに目もくれず、急いで立ち去った。かれは不安だった。宇宙港にいつもの活気はない。構内は汚れが目立つ。本当に時代は変わってしまった。だが、これは変化の一端にすぎなかった。

ダート・ヒュロスが案内標識を手がかりに第十四格納庫への道を探すと、なんなく見つかった。発進用のシャフトがいくつもならんだ、ひろい敷地を通りぬける。すると気がついた。宇宙船が一隻もいないのだ。ここで、ある推測がかれに浮かんだ。種族の大移動がおきたにちがいない。それも、惑星全体が避難したにほぼ等しい規模で。

ダート・ヒュロスはファカッガチュアの言葉を思い出した。「もうすぐ、想像を絶する出来ごとが起きるわ。わたしたちを天の川銀河から脱出させて！」

ここの状況は、あの予言の前ぶれなのか？ それとも、予言の出来ごととの痕跡なのか？ 両ザタラをあれほど震撼《しんかん》させる大災害とはなんなのか？ ダート・ヒュロスは自分の疑問に答えを見いだせなかった。

ついに、ひろい入口の上に十四と書かれた、宇宙船の格納庫を発見した。入口の門は開いている。その先には長さが数キロメートル、高さが五百メートルほどの巨大なホールがあった。足を踏み入れると、どことなくエネルギー・フィールドのなかを歩いているような感じを受けた。

格納庫内はからっぽだった。数百の宇宙船を格納できるひろさがあるが、一隻もいなかった。側壁を見ると、ちいさなキャビンがならんでいる。そのいくつかには明かりがついていた。

ダート・ヒュロスが透明なキャビンのなかをくまなく探していくと、ひとりの高齢のテラナーに遭遇した。数名のスヴォーン人と、とても高齢のシガ星人がひとり、かれにつき添っている。テラナーの胸には、ネームがどぎつい光を放っていた。その名は、ジョッポコス・トロイデだった。

「おまえ、なにしにきた」テラナーがどなった。「どうやって検問を通過した？」

「わたしはダート・ヒュロスです」ロボットはすなおに答えた。「ルップとエイジティーに、あなたに会いにいけといわれました。金をはらって場所を教えてもらったんです。じつは、植物知性体を二名、スヴォーフォンから脱出させる方法を探しています。ふたりはファカッガチュアとコマンザタラといい、天の川銀河から脱出したいんです。それで、訊きたいことがあるのですが」

「金はあるか？」痩《や》せこけたテラナーはダート・ヒュロスを見つめた。

「金ならあります。それはご存じでしょう、クロス」ダート・ヒュロスはこの星がすっかり変わってしまったことを、ますますはっきりと感じていた。それでも、ジョッポコス・トロイデがテラナーの商人、クロスと同一人物であることに疑いはなかった。「わたしがわかりませんか？」

「消してやりましょうか？」スヴォーン人のひとりがいった。

「待て！」と、クロス、いやジョッポコス・トロイデが制止した。「なにが訊きたい、ダート・ヒュロス？」

「なぜここは、五十年前とこんなに変わってしまったんですか？」

「ほう」と、テラナーは発した。「いい質問だ。こっちが知りたいくらいだ。この惑星の外の天の川銀河で、なにかが起きたのだ。いつはじまったのかはわからん。スヴォーフォンはどういうわけか、孤立してしまった。情報がまったく入ってこない。スヴォーン人は不安をつのらせ、見知らぬなにかから逃げ出したのだ。わたしには理解できんが、勝手にすればいい。わたしはわたしの道を行く」

「ジョッポコス・トロイデ」ダート・ヒュロスはいった。「ジジ・フッゼルをおぼえていますね。あなたと、とても親しかった」

「おぼえておる」年老いたテラナーが答えた。「いつも金払いがよかった。彼女のために、なにかしてほしいのか？」

「ジジはもう生きていません」ダート・ヒュロスは正直に伝えようと決めた。「彼女の友であるふたりの植物知性体はまだ生きていて、天の川銀河から脱出したがっています。

それを実現する手助けを、あなたにお願いしたいのです」

「このロボットは本当のことをいっています」ジョッポコス・トロイデの従者のなかから、シガ星人が甲高《かんだか》い声をあげた。「かれは、伝説のパラディン・ロボットに搭乗したシガ星人のスペシャリストで、有名な武器マイスターだった男の名を名乗っています。手助けしておいたほうがいい」

「できんこともないが。きみの助けがあれば、アンブラ」テラナーは苦しそうに息をする。「安くはないぞ」

「なにがお望みですか？」ダート・ヒュロスは財産に思い入れはなかった。「わたしはジジの財産のすべての代理権を持っています」

「クレジットカードもか？」ジョッポコス・トロイデの目がきらりと光った。

「そうです。それに多額の現金もある。ファカッガチュアとコマンザタラをわたしといっしょに天の川銀河から脱出させてくれるなら、ジジの全財産をさしあげます」

「口座番号とクレジット情報をおしえてくれ」

ダート・ヒュロスは番号を唱えた。これは口座所有者の暗証コードがなければ、なんの価値もない。ジョッポコス・トロイデは背を向けると、データを機器に打ちこんだ。数秒もすると、口笛をするどく鳴らした。

「きみの主人はスヴォーフォンでも指折りの金持ちじゃないか！」かれは驚いていった。

「五十年間、まったく引き落としがない。利息と複利が増えるばかりだ。取引に合意しよう」

「暗証コードと彼女の指紋の複製をわたします」ダート・ヒュロスは答えた。「ただし、指紋の複製は、コマンザタラとファカッガチュアとわたしが惑星を脱出してから、はじめて有効になります。〝いいカモ〟にされるのはごめんですから」

「そんな表現をどこで知ったんだ？」ジョッポコス・トロイデは驚いた。

「テラです。わたしはノルウェーで設計されました。その数年後にジジがオーストラリアでわたしを買ったんです。わたしはマルチロボットで、いろんなことができます。この取引に同意しますが、ひとことといっておきます。わたしはだませませんよ。口座はロックします」

「誠実な取引をしよう。ただし、天の川銀河の端まで航行するあいだに起きることについては保証できん。比較的安全なルートは知っておる。じつはスヴォーフォンに宇宙船を一隻、かくしてある。これをきみたちに提供しよう。《アンブラ》の飛行距離はかぎられているが、ちょっとした運があれば、マゼラン星雲のどちらかにはたどりつける」

「了承しました」ダート・ヒュロスは、ファカッガチュアの言葉を思い出した。脱出の目的地に、ハンガイ銀河か、天の川銀河のふたつの衛生銀河、両マゼラン星雲をあげていた。「いつ出発できますか？」

「二十四時間後だ。もうひとつ、いっておく。外の天の川銀河がどうなっているか、わたしは知らん。噂は山ほど耳にする。なかには恐ろしい事故や大惨事、行方不明者の話もある。わたしはここ、スヴォーフォンにとどまるほうがいい。煽動《せんどう》されるのは、不安にかられたおろか者だ。わたしは違う」

「どこから出発できますか？」ダート・ヒュロスはこの強欲《ごうよく》なテラナーの個人的意見には興味がない。

「きみの希望する場所でいい」

ロボットはヒュロス・シティから遠くない山を指定した。そこなら、両ザタラを連れていっても一時間とかからない。ロボットは、ジジの暗証コードを一度だけ読みとり可能な記憶装置におぼえさせ、新しいコードで封印した。ジョッポコス・トロイデはこのコードを知ってはじめて、内容を読みとり、ジジの財産にアクセスできる。

最後にロボットはジジの指紋の複製を作製した。これも同じコードで封印した。

「どうすれば解読できるか教えましょう」かれはテラナーに説明する。「ヒューロ・シティに回路と酸の入った容器を置いておきます。この容器のなかに必要な情報がある。容器に十四日間、触らなければ、容器から酸が流れ出し、保管してあるメッセージを解放する。この容器は期限前になにかが侵入すると、自己破壊します。容器は一チャンネルのハイパー通信受信装置に接続されています。これも期限がくるまで開けないように。

もし、ファカッガチュアかコマンザタラの身になにかが起きたら、わたしのからだに装着した送信機でパルスを発射し、酸を爆発させます。あなたの手にはなにも入りません。だから、十四日の期限を守ってください。そうすれば、暗証コードと指紋の複製を手にすることができ、すべての代理権はあなたのものになる。あなたはもう金持ちだ」

ジョッポコス・トロイデも心得たものだった。

「わたしも《アンブラ》船内に安全回路をのこしておく」かれは応じた。「もし、だましたりしたら、この回路であの世送りだ。回路を解除できるのは、ただひとり。その者をきみの旅に同行させる」

ジョッポコス・トロイデはシガ星人を指さした。

「かれの名はアンブラ。宇宙船はかれのものだ」

取引は完璧だ。ダート・ヒュロスは、ファカッガチュアの望みをかなえる第一歩を踏み出した。これをきっと、コマンザタラも望んでいる。

# 4

ジェロ＝ブロックの前で、ペリー・ローダン一行は一時間近く待たされている。十四階の建物は、その背中で草木のない山の尾根にしがみつくように建っており、尾根の先端は大洋へと突き出ていた。なかに踏みこもうとすると、エネルギー防壁に阻止される。

ローダンが門衛所に進入しようとしても、グラドはそっけなくあしらうだけだったが、やがて無礼な対応に出た。入口にいた二名の警備員を引きあげ、かわりに三体のロボットを配備したのだ。

ジェロ＝ブロックのほかの訪問者はたった七名だったが、いずれもロボットが入館の手続きをし、スムーズに建物内へ入っていった。ペリー・ローダンはもうがまんの限界だった。どうも、ただたんに足どめされているだけではなさそうだ。冷たく拒否することで、無理やり引き返させる魂胆か。でも、このテラナーには通用しない。

門番のロボット一体が入口から充分な距離をはなれた瞬間、ローダンはヴェエ・ユィイ・リィに、グライダーから害のない拘束フィールドを展開させ、その動きを完全に封じた。

　ロボットはすぐにグラドの役人に、無線で緊急連絡をする。ローダンはそう踏んでいた。獅子人間の手にはのらないことに気づかせてやる。

　ローダンは麻痺状態のロボットに歩みよった。

「よく聞きたまえ、ブリキ男」ローダンはどなった。「わたしはテラナーだと、きみの主人に知らせるがいい。かれらはテラナーは絶滅したと思っているかもしれないが、まちがいだ。パテンベのある地区で、わたしの有能な仲間のひとりが誘拐された。媒体伝達士のトリンダルラーも行方不明だ。だが、きみのボスたちはなにごともなかったように対応した。犯罪の黙認だ。わたしはきちんと話し合いがしたい。それができないなら、わたしの宇宙船二隻の技術手段を投入する。まだほかにも予備戦力があるぞ。わたしは武力対決を望んではいない。ただきみたちに、わたしの問題に協力してほしいのだ」

「きみの問題だと？」聞きおぼえのない声だ。ようやく、グラドのロボットをしゃべらせることができた。「どんな問題だ？」

「わたしはロボットとは交渉しない。きみの主人に伝えてもらいたい。わたしは仲間のニッキ・フリッケルを解放したい。ニッキはパテンベのある地区で誘拐された。その地区の監察官はジョコム＝ナールだ。わたしは……」

「待て！」ロボットがさえぎった。「ジョコム＝ナールの代理人のひとり、メン＝テカーからいま、連絡があった。きみの相談を数分後に受け付けるそうだ。ただし、ジーンガー＝オーがいくつか条件を出している。かれはメン＝テカーの警備・守護役だ」

「どんな条件だ？」ペリー・ローダンは訊ねた。

「まず、わたしを拘束フィールドから解放すること。ジーンガー＝オーが力ずくでやってもいいが、かれもいそがしい。ジョコム＝ナールの指示で、メン＝テカーとジーンガー＝オーがきみの相談に対応することになったからだ。相談時間は十五分。時間がたりないというなら、相談はなしだ。きみのほかにひとりだけ、同行が許されている」

ローダンは心中おだやかでなかったが、平静をよそおった。すくなくとも、グラドはやっと対応してくれた。自分たちがここで歓迎されていないことは、とうにわかっている。グラドの非協力的な態度には、合理的な理由が見つからないが。

ローダンはグライダーのウィド・ヘルフリッチに合図を送った。馬面《うまづら》で痩身《そうしん》のテラナーは、短くうなずいた。すると、グラドのロボットを捕らえていた拘束フィールドが消滅した。

「よろしい！」ジェロ＝ブロックの入口前にいたべつのロボットがいった。「同行者は決まったか？」

ローダンが答える前に、セランの通信装置が反応した。グッキーからの連絡だった。

「すべて聞かせてもらったよ。ぼくに同行させて。ここには奇妙なことがいろいろありそうだかんね」

「承知した」ローダンは即答した。「ただし、ふつうに歩いてくるんだぞ！」

グッキーがぎこちない動きでグライダーからやってくる。ジェロ＝ブロックの入口と警備ロボットのあいだに立つローダンに近づくと、イルトがいった。

「きたよ、アブロ船長」

ペリー・ローダンは一瞬、面食らったが、グッキーがかれに偽名をつけたがっていたことを思い出した。それが〝アブロ〟だった。

「メン＝テカーとジーンガー＝オーに伝えてくれ」テラナーはグラドのロボットにいった。「これから相談に行く。代表団はふたりで、これはグッキー。わたしの名はアブロ、ペリー・アブロだ」

グッキーが持ちだしたこの偽名を、ローダンは受け入れた。アブロ……。ローダンはモリーに思いを馳せた。モリーは遠い過去になってしまった。

モリー・アブロはローダンの二番めの妻だった。次の妻はオラーナ・セストレ。そしてゲシールと結ばれるまでに、かれを襲った出来ごと……。

突然、思いがつぎつぎとあふれ出した。とめどない思いが、かれを苦しめた。

ゲシールはどこにいるんだ？　彼女との娘、エイレーネは近くにいる。《シマロン》に乗船し、コヴァル・インガードの面倒をみている。そのやり方は風変わりで、ゲシールとローダンが彼女に教育したものとは相《あ》いいれない。

ペリー・アブロとは！　かれはグッキーをうらめしく思った。困った名前を選んだものだ。きっとイルトに他意はなかったろうが。

「はったりの名前はやめたのか」ふいにグラドのロボットがたしかめた。この言葉で、かつて時間警察の三次制約者の弾圧を受けた、このマゼラン星雲の種族は、技術水準が高いことが証された。ロボットはジョコム＝ナールとの会話の内容をすでに知っていたのだ。「アブロが本当の名前だな」

「そのとおりだ！」ローダンはグッキーの助言を思い出した。同時に、だれともわかちあえないあの思いもよみがえる。

「いい名前だ。〝ペリー・ローダン〟じゃ、ジーンガー＝オーにも一笑に付されたろう。昔のおとぎ話をするひまはないからな。その正直な態度なら、ボスとの相談もやりやすくなるぞ。ついてこい、アブロにグッキー！」

ペリー・ローダンとグッキーは、ロボットにつづいてジェロ＝ブロックに入る。ブロックに近づくと、エネルギー防壁が消えた。

ロボットはふたりをダブルシャフトまで連れてきた。一方のシャフトには二極の反重力リフト、他方には機械式の循環リフトがあった。グッキーはこんな輸送手段を見たことがなかったので、大笑いした。

「ここは非グラドと接触するための建物だ」ペリー・ローダンがかれに釘をさす。「獅子人間の技術は侮《あなど》れない。原始的な技術であってもだ」

「テレポーテーションしたいよ」イルトはいった。「だめだよね？　きみは自分の力を《シマロン》や《ソロン》の技術で披露したんだから、ぼくの技術だってちょっとぐらい……」

「まだだめだ！」ペリー・ローダンはささやいた。「なにかわかるか？」

「メン＝テカーというグラドがいるよ」イルトは、グラドのロボットに聞こえないように、小声でいった。「数階上でぼくらを待ってる」

「よし。もうしずかにしろ！」

グッキーは黙ったが、その身ぶりから、行動意欲がおさえきれないようすだった。

「反重力リフトに乗ろう」と、ローダン。

リフトは二階上まで上昇した。重力制御は完璧だ。コンクリートシャフトは冷えびえとしていた。ロボットはシャフトをはなれた。

グッキーはなにか問いたげな視線をローダンに送ったが、かれは押し黙ったままだった。イルトはようやく、ここはいたずらをしていい場所ではないと理解したようだ。かれが能力を披露することをローダンが望んでいないことも。

ローダンは自分にいい聞かせていた。自分のプシオン的な思考はもう、とうにべつの道を進んでいるのだと。もっと大事なことへ向かう道に。それはニッキ・フリッケルのこと。そして、過去六百九十五年の歴史を知ることだ。

ふたりは小部屋に案内された。グラドたちは気持ちよさそうな椅子にすわり、ぞんざいに足を組んでいた。ひとりは重火器であそんでいる。もうひとりがあるものを指さした。それは、ローダンとグッキーをグラドから隔離するエネルギー防壁だった。

訪問者の席はなかった。

「ずいぶん親切なあつかいだな」ローダンはいった。

「文句をいう権利はないぞ」グラドのひとりがどなる。「わたしの名はジーンガー＝オー。こちらはメン＝テカー。ここは非グラド用の相談室だ。どんな席がいいのかわからないので、席はいつも用意していない。気にいらなければ帰れ」

グッキーが鋭い視線をペリー・ローダンに送った。でも、グッキーはなにもいわないので、ローダンは推測にたよる。

「立ったままでいい」テラナーは答えた。「ここにきた理由はご存じだろう。単刀直入にきく。誘拐されたニッキ・フリッケルを見つけ、解放するために、なにをしてくれるのか」

両グラドは一瞬、目を見あわせた。するとメン＝テカーがいった。

「そんな誘拐は起きていない。誘拐されたという主張があるだけだ」

「ベテランのテラナーの言葉を疑う気か」ペリー・ローダンは声を荒らげた。

「ペリー・アブロ、きみはテラナーのような姿だが」ジーンガー＝オーは軽くいなす。かれは冷酷で打算的な印象だ。「テラナーはもう存在しない。まず、きみがテラナーであることを証明するんだな。証明できたとしても意味はないが。ここはテラではないし、テラがまだ存在するという証拠もない。だが、テラがかつて存在した場所には、ずいぶん前からまったく近よれないという明確な証拠はある」

「きみたちの態度はふざけている」ローダンはつとめて冷静をよそおったが、グラドの言葉はかれを苦しめ、かれの心をまたかき乱していた。「アイシュラン＝ホで起きた出来ごとを無視すると、自分たちの損になるぞ」

「よけいなお世話だ」メン＝テカーが手を動かすと、エネルギー防壁が消えた。「これでわかったろうが、われわれだって信用したいのだ。誘拐があったとは信じないが、真相は究明するつもりだ」

「きみたちグラドのひとり、媒体伝達士のトリンダルラーがこの事件に絡んでいる。どの程度かはまだ不明だ。とにかく姿を消した」

ジーンガー＝オーはうなずいた。「事情はともかく、きみの要望はわかった。この件についてあらたな調査委員会を設置しよう」

「聞こえはいい提案だがな」ペリー・ローダンは懐疑的だった。グッキーに目をやると、グラドの考えを読むことに集中している。あらたな情報をつかんでくれそうだ。「きみたちの発言は、前後で矛盾する部分がある。率直にいって、きみたちは信用できない。調査結果がでるまで、どれだけかかるか知れたものではない。独自に調査をさせてもらうが、いいか？」

ジーンガー＝オーとメン＝テカーは目を見かわすと、口をそろえていった。「よかろう」

「グラドの法を守りさえすれば、かまわない」メン＝テカーがつづけた。「守るべき法は《ソロン》の乗員に伝えてある。ところで、きみの調査結果にはたいへん興味がある。ジーンガー＝オーに連絡用回線のどれかで、いつでも連絡してくれ」

「断る！」グッキーが強い口調で介入した。これにはローダンも驚いた。「ロボットとは交渉しないといったろ！　ぼくらはだませないぞ、メン＝テカー。ジーンガー＝オーはグラドじゃなくて、ロボットだ。最初からわかってたんだぞ」

ローダンには思いがけない情報だったが、それを気づかせないようにした。相談のはじめにグッキーが送ってきたひそかな合図の意味が、これでわかった。

「まあ、よかろう」メン＝テカーはすぐに譲歩した。これもローダンにはやや意外だった。「ジーンガー＝オーのうしろにはわたしがいる。かれとコンタクトをとれば、内容はすべてわたしの耳に入る。これで満足か？」

ローダンは黙ってグッキーを見た。かれが短く目くばせするのを確認していった。

「充分だ、メン＝テカー。脅迫する気はないが、いっておく。わたしは手ごわい。きみたちの非協力的な態度は、あまりにあからさまだ。それも不当で……」

「この件は解明する」メン＝テカーはうけ合った。「要望はわかった。おどし文句はくり返さなくていい。独自に調査してかまわないから。これで相談は終わりにしたい。大事な用があるので」

エネルギー防壁がふたたびたちのぼった。グラドとロボットは立ちあがり、側壁の見えないドアから部屋を出た。

「下まで送る」警備ロボットはいった。これは明らかに帰れという催促だった。

ペリー・ローダンは釈然としなかった。うまくいったのか？　それとも、グラドの手玉にとられただけか？

グッキーからもっと情報が入るかもしれない。メン＝テカーの思考を探っていたから。

＊

ウィド・ヘルフリッチが操縦するグライダーは、パテンベ上空を飛んでいる。ローダンがめざす次の目的地は、ニッキ・フリッケルが降霊会で媒体伝達士のトリンダルラーと会い、何者かに連れ去られた建物だ。

航行中、グッキーは自分が読みとった、メン＝テカーやほかのグラドの思考を報告した。

「当局のトリンダルラーへの関心は、実際は低いようだよ。全容の解明にも関心は薄い。その理由ははっきりとはつかめなかったけど、グラドの考え方や動機の全体像はわかったよ」

「それはぜひ聞きたい」と、ローダン。

「銀河系の支配者を恐れてるんだ。それがなんなのか知らないのに、ぼんやりとした予感だけでね。この見知らぬなにかが、みんなの頭のなかをさまよっている感じだった」

「それだけじゃ、われわれに対してあれほど非協力的な理由にはならないんじゃないか」ウィド・ヘルフリッチは首を横に振った。

「グラドはペリーが伝説のローダンだとは思ってないけど、《ソロン》と《シマロン》の乗員はテラナーだとみている。これだけで充分、理由になるだろ。ぼくらは故郷の銀河系に侵入するためには手段を選ばない。グラドはそう思いこんでいる。これはグラドにとって、きわめてまずい状況を招きかねないんだよ」

「そのことと、われわれの今回の活動となんの関係があるというのだ？」ローダンは訊ねた。

「グラドは支配者を知らないんだ」グッキーが説明した。「なのに恐れている。すべての政策は、この敵を刺激しないように決定されてるんだ。それだけが安全を守るすべだからね。それが論理的かどうかを自問することなんてないんだよ」

「得策とはいえんな」ペリー・ローダンは断じた。「だが、獅子人間の考えは変えられそうにないな」

「グラドは大規模な紛争を恐れてるんだ」グッキーはつづける。「戦争に巻きこまれたくないんだよ。問題を避けて通るほうがいいと思ってる。何世紀も前からそうしてきたし、それでうまくいってきたのさ」

「長い目で見れば、そのような姿勢がうまくいくはずはない」ヴェエ・ユィイ・リィはいった。「テラの歴史の例を見ればわかることだ」

このブルー族は地球史の権威ある専門家だった。

「まだつづきがあるんだ」グッキーはまた話しはじめた。「グラドは見知らぬなにかに監視されているって感じてるようだったよ。クロノパルス壁の外側にいるのにね。メン＝テカーは一度、はっきりとこう考えてたよ。だれも近くにいないといいが、って。かれにとっては、ぼくらやその活動を助けているという印象をあたえないことが、とっても大事なんだ」

「よし、気を引き締めていこう。われわれが率先して動く」ローダンはきっぱりといった。「トリンダルラーの館にはいつ到着する？」

「数分後です」ウィド・ヘルフリッチは答えた。

＊

ローダンは、首席船医のセッジ・ミドメイズをグライダーに待たせ、グッキーと首席技師ヴェエ・ユィイ・リィとともに誘拐現場をくわしく調べることにした。現場にくわしいウィド・ヘルフリッチも、調査に同行してもらう。

一同はグライダーから出た。ローダンは、媒体伝達士の研究所がある殺風景《さっぷうけい》な建物に目をやった。そのとき、いきなりグッキーがかれの手をつかみ、強く横に引っぱった。ローダンは周囲を見まわすが、坂を数百メートルくだった先に数名のグラドが見えるだけで、あたりに人の気配はなかった。

「なにごとだ、ちび?」ペリー・ローダンは強い口調でささやいた。

「いま、すぐ近くでふたつの未知の思考を受信したような気がしたんだ」ネズミ＝ビーバーはおちつかないようすだ。「だから、ぼくらと建物のあいだにふたりがいると思ったのさ。でも、だれも見えないね」

テラナーはすぐに反応した。

「ヴェエ」ローダンはブルー族のほうを向いた。「グライダーの設備で確認してくれ。ここでだれか、デフレクター・バリアかそれに似たものを使って活動しているか?」

ヴェエ・ユィイ・リィは短くうなずき、無言で機内にもどった。ローダンはセランのシステムを作動。センサーで周囲を見張ったが、偽装体は感知されなかった。

「またあらわれた！」グッキーは右側の、建物側面の入口を指さした。「そいつは知的な思考をしてるんだけど、内容にはアクセスできないよ」

「スクリーンにもエコーがふたつ見えます」ヴェエ・ユィイ・リィがグライダーから叫ぶ。「かたちはぼんやりしていて、二本足。それ以上は確認できません。いま、両方とも消えました。エネルギー探知機も短く反応しています。かなり断片的なので断言はできませんが、ふたつの不可視体は、不可視の乗り物で大洋の方向に消えたようでした」

一行はあらゆる技術手段を駆使して数分間、捜索をつづけた。グッキーはテレパシーで全方位を追跡する。結局、たしかになったのは、ここにはなにかがいたが、ふたたび消えた、ということだった。

「ありえるかもしれんな」ペリー・ローダンはつぶやいた。「ここにいたのが、グラドも恐れる未知の敵ということも。そして、われわれの行動をつぶさに観察している……。セッジ、《シマロン》と《ソロン》にこの件を報告してくれ。最大級の警戒態勢をとり、くまなく監視するようにと。ブリーには緊急用の特別編成隊を準備するようにいってくれ。ニッキのようなことが、われわれに起きたときのために」

ヴェエ・ユィイ・リィがグライダーからもどってきた。一行は建物に踏みこみ、研究所へと進んだ。所内に着くやいなや、ウィド・ヘルフリッチが甲高い声で叫んだ。

「なんてこった！　野蛮人でも暴《あば》れまわったか！　機器もずいぶんなくなってるぞ」

ペリー・ローダンもすぐに、なにかおかしいことに気づいた。価値の高い技術機器は一部が破壊されて、床のあちこちに転がっている。そのほかのホログラム投影機などの機器は傷ひとつなく、部屋の片側にならんでいた。その反対側には、切断したような金属の残片が床から突き出し、最近まで設備があったことを感じさせる。

ヴェエ・ユィイ・リィは猛然と、機器をかたっぱしからチェックした。ローダンは悠然と、部品をひとつずつ調べ、無傷の機器を鑑定していく。

「すくなくとも設備の三分の一は消えてますね」ウィド・ヘルフリッチはいった。「掠奪か？　グラドのしわざか？　それとも、誘拐犯が舞いもどって持ち去ったのか？」

「じつに奇妙だ」ローダンも首をかしげる。「価値の高い技術機器は置きっぱなし。単純なメモリ読みとり機が意図的に破壊されている。外で遭遇した人影は、ここにいたのだろうか？」

具体的な手がかりがない以上、憶測がたよりだった。

「高価で洗練された技術だ」と、すこし遅れてヴェエ・ユィイ・リィ。「媒体伝達士のいかさまには不相応な気がします。その手の連中は、どちらかというと単純なトリックを使うものなので。ここはどこかおかしい。降霊会研究所の高度な技術、重要設備の破壊、盗難……」

調査はつづいた。洗面所や物置などの空間も見逃さない。ヴェエ・ユィイ・リィがすべてのデータを集約する。かれは光学式の記録も可能な小型シントロニクスを携行していた。淡々と調査が進んでいくかに思われたそのとき、グッキーが突然、警告の口笛を吹いた。

ペリー・ローダンは即座に察した。イルトはなにか決定的なものを発見したのだと。グッキーの表情は読みにくかったが、その意図をローダンは理解した。短い手ぶりで了解の合図を送る。

グッキーはテレポーテーションを開始すると、二秒もしないうちにもどってきた。しかもひとりではない。かれの短い腕で、グラドの女がひとり、もがいている。見知ったグラドの姿とくらべ、身なりが悪い印象だ。短めのたてがみはシルバーグレイに光っているが、年齢は見きわめにくい。

「名前はトリンダルラーゴームだってさ」グッキーは伝えた。「それ以上は、女の思考から読みとれないよ。でも、テレパシーの探知を阻止する装置はからだのどこにもないし、体内にもない。女は物置で見つけたんだ。思考のなにかを力ずくでかくそうとしてるよ」

ペリー・ローダンは女に近づいた。

「わたしはペリーだ」と、テラナー。「われわれは友であり、同盟者であると確信している。トリンダルラーの研究所付近にかくれている者は、わたしの友にちがいない」

女はなにもいわず、ローダンを注意深く観察している。すると、マントのポケットに片手をすべりこませた。

テラナーはすこし間をおいて、気づかれないように女を観察する。どうも、なにかをポケットにかくしているらしい。くたびれたマントの下で、左手を緊張させている。

「トリンダルラーはどこなの？」突然、女が訊ねた。

「われわれにはわからない」テラナーは答えた。「きみの名はトリンダルラーゴームだね。トリンダルラーのことを訊きたいようだが、われわれも行方を知りたい。仲間の女性がかれといっしょにいたからだ。名前はニッキ・フリッケル。彼女のことで、なにか聞いていないか？」

女は答えない。グッキーは肩をすくめる。この動作は、かれのテレパシー能力でもローダンを助けられないことを意味した。彼女はプシオン探知を阻止できるなにかをかくし持っているにちがいない。

「なぜ、きみはここにいるんだね？」ペリー・ローダンは話題をかえ、話しやすい雰囲気をつくる。

「わたしはトリンダルラーゴームだけど」と、女が答えた。「名前じゃないの。そう呼ばれるのは光栄だけど、わたしの名は……。あなたたちには関係ないわ。トリンダルラーでさえ、知らないんだから。かれはフェアな人だから、名前を訊かなかったの」

ペリー・ローダンが一瞬、面食らっていると、ヴェエ・ユィイ・リィがそばに駆けより、ささやいた。

「トリンダルラーゴームは〝トリンダルラーの女〟という意味で、この女は媒体伝達士のパートナーのようです。彼女はパニック状態で、なにかを左のポケットにかくしています」

「ふたりにしてくれないか」ペリー・ローダンは三人を見た。

グッキー、ウィド・ヘルフリッチ、ヴェエ・ユィイ・リィは立ちあがり、研究所のメインルームを出た。ローダンはセランから重火器をふたつとりだすと、女にわたす。彼女はためらいながら、受けとった。

「いま、われわれはふたりきりだ」と、テラナー。「わたしは丸腰で、きみはわたしのもっとも大事な武器を持っている。最大級の信頼のあかしだ。かくしだてせず、わたしと話をする気になったか？」

トリンダルラーゴームの返事はない。

「きみはパートナーのトリンダルラーがいなくなって、さびしいだろう」ローダンは切り出した。「わたしも良き友で仲間であるニッキ・フリッケルがいなくなって、きみと同じ思いなのだ。彼女はきみのトリンダルラーといっしょにいて、この部屋から連れ去られたんだよ」

シャンガントの典型的な特徴を持つこのグラドの女は、突然、ペリー・ローダンの目をまっすぐに見た。そして左手をポケットから出した。ほっそりした手を持ちあげると、またすぐに膝におろした。

「トリンダルラーは死んだ。きっとそうよ」女の声があまりにかすかなので、ローダンはセランの拡声器を使用する。「愛しあうと、相手が生きていることがわかる。もう生きていないときも、それを感じるの。トリンダルラーは三日前に死んでしまったわ。あなたの愛する人、ニッキ・フリッケルになにが起きたかは、わたしにはわからない」

「ちょっと待て！」ペリー・ローダンはやや苦い顔をした。「ニッキは友だ。愛する人ではない」

「あなたがそう表現するなら」トリンダルラーゴームは目をあげた。ローダンの言動のなにかが、彼女の心の氷を割ったようだ。「それでいいわ。あなたには愛する女性がいるのかもしれない。でも、あなたのそばにいるほかの存在だって愛しているでしょう？」

「そうだな、トリンダルラーゴーム、きみのいうとおりだ」この会話はかれにまた、あの思いを呼びさました。グッキーが〝アブロ〟という名前で呼び起こした、あの思いを。

そして気づかされた。愛するひとへの憧憬《しょうけい》とともに、遠い過去を心にかかえる自分は、やはりひとりの人間にすぎないのだと。トリンダルラーゴームも似た思いをかかえ、感じていることが、かれにはわかった。彼女もどことなく、心が乱れているようにみえた。

「わたしはトリンダルラーの一部だった」シャンガントは自分から語りはじめた。「あのひとはもう、生きていないとわかる。そう感じるの。トリンダルラーは訪ねてくるたくさんの人びとに希望をあたえたわ。いつも真実を語るわけではなかった。でもかれは真実を知っていた」

「どんな真実を？」

「わたしにはわからない。わたしはパートナーだったけど、かれの思考に干渉したことはないの。かれはわたしによくしてくれたわ。わたしもかれに対してそうだったと願うばかりよ。あなたはだれなの、ペリー？　パートナーを失って悲しみの淵《ふち》にいる、わたしを信頼してくれるなんて」

「トリンダルラーが死んだかどうかはわからない」と、ペリー・ローダン。「死んだという情報はない。もし、きみの予感が本当だとしたら、ニッキ・フリッケルももう生きていないということか」

「ニッキ・フリッケルは知らないわ。わたしがわかるのは、トリンダルラーがもう生きていないということだけ。トリンダルラーゴームだから感じるのよ。残念なことに、かれの別れのメッセージがもう聞けないの。ここがほとんどすべて破壊されたから」

女は手をゆっくりとポケットのなかにすべらせると、また外に出した。一辺が一センチメートルたらずのちいさなメモキューブを細い指のあいだにはさんでいる。

「かれの遺言よ」トリンダルラーゴームの声は重い吐息のようだった。「読みとり機が壊されたの。見えないだれかのしわざよ。信じて、ペリー。トリンダルラーを愛していたのよ。信じて。かれはもう生きていないとわかることを。かれは過去と未来を見通す、すぐれた目の持ち主だった。かれは嘘もついたわ。それは、あなたたちのように好奇心の強い人はこなかったからよ」

女はペリー・ローダンにメモキューブをわたした。かれはすぐに、それが自分の知るシステムのどれにも合わないことに気がついた。《シマロン》や《ソロン》のシントロニクスなら、きっと方法を見つけられるだろうが、時間がかかる。

「トリンダルラーは死んでしまったわ」女の声には厳《おごそ》かな響きがあった。そして悲しげだった。「トリンダルラーは偉大だった。でも、かれは死んでしまったの。わたしたちがひとつだったとき、かれはよく、わたしにいったわ。死者は語ることができると。かれは生きつづける。メッセージをのこして。かれは本当の意味での詐欺師ではなかった。あいつら、読みとり機を破壊したのよ。でも、かれの遺言は見つけられなかった。かれは救い主、探求者、愛するひと……」

グッキーが突然、ローダンの横に実体化した。

「急いで!」イルトは叫んだ。「自殺する気なんだ。生きる意味を失って……」

遅かった。

トリンダルラーゴームはみずからを破壊した。深い絶望におそわれて。みずからのからだを、たなびく思いと憧憬の雲にかえたのだ……生物学的にはもう生きられない断片の雲に。

ペリー・ローダンとグッキーには対応する間もなかった。

# 5

爆発の勢いで、ペリー・ローダンはトリンダルラーの研究所の壁に吹きとばされた。セランの自動システムが反応し、瞬時に反撥フィールドと防御バリアを展開。負傷をまぬがれた。

グッキーはというと、友のペリーも連れずにあわててテレポーテーション。いかに時間の猶予がなかったかがわかる。

トリンダルラーゴームが自爆するのを見るのは、ローダンにはつらかった。彼女は体内にかくした爆薬を、爆破させたのだ。

なぜこんなことを？　根本の出来ごとの裏には、どんな悲劇があったのだろうか？

彼女にとってトリンダルラーは、本当に大切な存在だったにちがいない。自殺はふたりの絆を物語る。また同時に彼女の死は、ここアイシュラン＝ホを支配する混乱の一端もうつしだす。その根源が、銀河系が封鎖された状況にあることはまちがいない。

ペリー・ローダンの手にはメモキューブがあった。これはトリンダルラーゴームが懸命に守ったもの、おそらく死んでしまった者の遺言だ！　読むのは容易ではない。ローダンは読みとり機が破壊されていたのを思い出した。

「グラド当局に報告しないと」部屋にもどってきたウィド・ヘルフリッチがいう。ヴェエ・ユィイ・リィもうなずく。かれも爆発現場にもどっていた。

「そうしてくれ」ペリー・ローダンは数秒間、暗い表情だった。そして、メモキューブをじっと見つめた。「もう、ここにいる理由はない。宇宙船にもどろう。あとをどうするかは、グラドにまかせよう」

一行はトリンダルラーの研究所を出た。建物の前には、ロボットを何体も引き連れたグラドが、二班にわかれて待ち受けていた。そのなかにメン＝テカーの顔もあった。ローダンはかれに歩みより、今回の出来ごとを報告したが、メモキューブのことは黙っておいた。

ふたつの不可視の存在についても触れなかった。グラドをこれ以上、刺激したくなかったからだ。

「この件はこちらで調査する」と、メン＝テカーは短くいったきり、テラナーたちを完全に無視した。

「《シマロン》にもどるぞ」ローダンはグライダーを指さした。

ヴェエ・ユィイ・リィは飛行中から、メモキューブの調査をはじめた。それは未知の技術で作成されていたが、ブルー族は《シマロン》の船内ラボの力を借りれば、すぐに内容を突きとめられると確信した。船に到着すると、さっそく作業にとりかかった。

小一時間後、ペリー・ローダン、レジナルド・ブル、グッキーとそのほかの要員がラボに呼ばれた。

「このメモキューブに保存されているのは音声テキストだけでした」と、ヴェエ・ユィイ・リィ。「技術的には可能ですが、画像はありません。テキストは特殊なロックで、設定された期限前の読みとりから守られていましたが、ロックは解除できました。内容をこれから再生します」

ヴェエ・ユィイ・リィが何度かスイッチを操作すると、声が聞こえてきた。

「わたしの言葉を聞くものは、わたし、トリンダルラーがもう生きていないことを知る。このテキストを読みとることは、わたしが死んだときにのみ可能だからだ。わたしは自然な死を迎えられなかったと思うがよい。数日前から、わたしは目に見えないなにものかに追われている。それは複数の人物かもしれない。その不気味なやつらは、何度もわたしの住まいや研究所にあらわれた。それは最近、テラナーがアイシュラン＝ホに着陸してから、しきりに出現するようになった。わたしはテラナーのニッキ・フリッケルに会うつもりだ。彼女は四本腕の預言者に関心があるからだ。四本腕の預言者についての情報は、専用のメモキューブに保存した。それは、わたしの研究所の装置でしか読むことはできない」

　ここでいったん、音声がとぎれる。

「まだつづきがあります」と、ヴェエ・ユィイ・リィ。

　媒体伝達士の声がまた聞こえてきた。

「目に見えないやつらに対する最初のちいさな成果だ。すくなくともふたりいる。とぎれとぎれに聞こえる言葉を訳すと、その内容は、〝……基地イッサム＝ユにもどれ〟」

「以上です」首席技師はいった。「わたしはテキストのセキュリティコードを突破したので、トリンダルラーが本当に死んだと決まったわけじゃありません」

　ヴェエ・ユィイ・リィはテキスト全文のコピイを作成し、ローダンにわたした。

「イッサム＝ユとはなんのことだ？」テラナーは訊ねた。

「わたしが説明します」《シマロン》のシントロニクス結合体が発言する。「《ソロン》のデータによると、リシュタル星系は十一の惑星からなり、アイシュラン＝ホは第四惑星です。もっとも外側にある第十一惑星がイッサム＝ユです」

「興味深い」ペリー・ローダンはいった。「有力な手がかりになりそうだ。イッサム＝ユについてほかにわかっていることは？」

「多くはありません。不毛な岩の塊りで、太陽系の惑星だった冥王星に似ています。生命の存在は考えられません。地表は凍った大気でできた薄い氷の層でおおわれています。

あまりに生存に適さない環境のため、グラドはイッサム＝ユにまったく価値を認めていません」

「トリンダルラーの言葉を信じていいんでしょうかね？」レジナルド・ブルは疑問を投げかける。明らかに疑っているようすだった。「リシュタル星系のほかの惑星が関与する可能性は？」

「媒体伝達士が真実をいったかどうかは判断できませんが」と、シントロニクス結合体は即答する。「ニッキ・フリッケルに言及したという事実だけでも、その裏づけになります。リシュタル星系のほかの惑星は、今後の活動に対する重要性は低いと考えます。第五惑星から第十惑星にはすくなくとも小規模なグラドの基地が存在し、研究や鉱物の採掘がおこなわれています。グラドが注目していないのはイッサム＝ユだけです」

「それも、われわれの手がかりの根拠になる」と、ローダン。「異人がリシュタル星系に滞在するとしたら、脅威がなく、発見されにくい場所に基地を設置するにちがいない。寒冷なイッサム＝ユは、まさに打ってつけだ」

　ブルは怪訝《けげん》そうに首を振るが、ペリー・ローダンに迷いはなかった。

「時間をむだにはできない」ローダンは断固としていった。「ニッキの問題だけではすまなくなった。すぐにメン＝テカーかジーンガー＝オーと連絡をとりたい。こい、ブリー！　司令室から連絡をとろう」

ふたりが《シマロン》の心臓部に着いたときには、シントロニクスがすでに接続を完了していた。数分後にはメン＝テカーの顔がスクリーンにあらわれた。

「トリンダルラーの研究所で一部、掠奪があったぞ」グラドは挨拶もなしにまくしたてた。「完全に破壊されたものもある。なにをした？」

「なにも」ペリー・ローダンは答えた。「われわれがなにも持ちだしていないのを、その目で見ただろう。研究所の修復にも関心はあるが、わたしが最優先すべき問題ではない。それより、きみたちの助けが必要なのだ」

「助けだと？　なんの助けだ？」メン＝テカーはおちつきのない目をしている。「騒ぎはごめんだぞ。トリンダルラーの女が死んだだけで手いっぱいなんだ」

「手がかりをつかんだ」ローダンはいった。「トリンダルラーとニッキ・フリッケルの手がかりだ。それはイッサム＝ユにある」

「イッサム＝ユ？」メン＝テカーは薄笑いをうかべる。「この世の最果て、イッサム＝ユか。これはグラドがよく使ういいまわしだ。からかうのもいいかげんにしろ。冗談につきあう気分ではない」

「すこぶるまじめな話だ」ローダンは冷ややかな視線を送る。「ニッキ・フリッケルとトリンダルラーはイッサム＝ユに連行された疑いがあるのだ。その根拠もある。ここ、アイシュラン＝ホには、きみたちが話したがらない、隠然たる力があるようだ。この力の持ち主について、きみたちはよく知らないようだな。その未知の力の持ち主が一枚かんでいる。断言はしないが、その可能性がある」

「どこからイッサム＝ユが出てきたか、説明しろ！」グラドはこの力には触れようとしない。

「あの研究所の部屋でトリンダルラーの記録が見つかったのだ」ローダンは冷静だった。

「そのなかに、イッサム＝ユの話があった」

「記録だと？　メモキューブか？　その記録を引きわたせ！」メン＝テカーの目は怒りに燃えていた。「おまえたちに、トリンダルラーのものを持ちだす権利はないぞ」

「あれは特殊な暗号化がされた読みとり用フォリオで」ペリー・ローダンは嘘をいう。

「読み終わると自己破壊した。テキストの全文はこうだ。〝わたしがいなくなったら、イッサム＝ユを探せ。トリンダルラー〟」

　メン＝テカーやその上役を必要以上に刺激することは、ローダンの利益にならない。そこでかれは嘘をいうことにした。それに、グラドがメモキューブの本当のテキストを手に入れたとしても、行方不明者の捜索に協力するとは思えない。

なにより大事なのは、アイシュラン＝ホの当局にわれわれの活動や追跡をじゃまさせず、むしろ協力してもらうこと。それだけだ。

　メン＝テカーはうなずいた。ローダンの嘘を信じたようだ。

「どうするつもりだ、ペリー・アブロ？」

「きみたちに、イッサム＝ユの調査に協力してほしい。わたしもみずから、この不毛の惑星を訪れたい。異存はないか」

「基本的にはない」メン＝テカーは了承した。「きみの言葉を信じ、イッサム＝ユに調査のための遠征隊を派遣する。準備にはある程度、時間がかかると考えてくれ」

「了承した。嘘や無意味な引きのばし戦術にそなえて警告しておく。きみたちの暗黙の不安はお見通しだ。わたしが手ごわいことは知っているな。これから《ソロン》に指令を送り、トリンダルラーの降霊会研究所の保全管理をさせる。《シマロン》はまもなくイッサム＝ユに向けて出発する。いいな？」

グラドの表情は見きわめにくい。満足というわけではないようだが、かれは了承の合図を出した。これで話はついた。

「トリンダルラーの研究所になんの興味があるんです？」ブルが友に訊いた。「ばかげた媒体屋が死んじまったら、研究所なんてどうでもいいでしょう。やつはもう生きていないと思いますがね」

「それはちがうぞ、でぶ！　トリンダルラーは第二のメモキューブに〝四本腕の預言者〟の情報があるといったろう。われわれはニッキ・フリッケルを探すだけでなく、そのほかのあらゆるシュプールも過去にさかのぼってたどる必要があるのだ。この預言者はイホ・トロトの明らかな特徴をそなえ、トロトは知ってのとおり、シュプールをのこしている。かれの情報がそのメモキューブにあるはずだが、トリンダルラーの未知の技術を用いないと読めないかもしれないんだ。いいか、あの媒体伝達士はばかじゃない。もし不正に読みとろうとでもしたら、本当に自己破壊するぞ」

レジナルド・ブルは納得する。

「疑問はもうひとつあるんですがね」ブルはいった。「すべてのデータ、事実、記録を吟味しましたが、謎の未知者がここに存在するというのが引っかかりましてね。どうも信じられない」

「本当にいるんだよ」グッキーはいい張る。「グラドはかれらを知らないのに、恐れてるんだ」

「それでは訊くがな」赤毛ががなる。「その銀河系の未知の支配者とやらはグラドがわれわれと友好関係を持つのをいやがるというが、そいつを知りもしないグラドに、どうしてそれがわかるんだ？」

もっともな質問だが、ペリー・ローダンもグッキーも、根拠のある答えを返せなかった。

「好きなだけ疑うがいい」ローダンはいった。「疑う以外にもし時間があったら、《シマロン》のスタート準備をしてくれよ」

「《シマロン》はいつでもスタート可能な態勢にありますぞ！」ブルは応じた。「それより、《ソロン》に例の研究所の件を知らせておかないと」

「それは終わっています」シントロニクス結合体が口をはさむ。「グラド当局からも正式なスタート許可がおりました。出航可能です」

*

三日がたった。

《シマロン》は惑星イッサム＝ユの上空八百五十キロメートルを周回していた。このリシュタル星系第十一惑星については、すでに詳細なデータがある。卵形で、最大直径でも四千キロメートル、最小直径は二千九百キロメートルしかない。衛星を持たず、小惑星の破片すら周回していない。

山がちで割れ目がめだつ表面は、完全に氷でおおわれているが、その厚さが百メートルを超える地点はほとんどない。氷の成分は大部分が水で、それ以外は窒素、水素、ヘリウムの混合気体が凍ったものだ。こうした特異性にはまだ、説明がついていない。リシュタル星系がうまれた遠い昔、自然はここで、ちょっとしたいたずらをしたのだ。

メン＝テカーが約束したグラドの調査のための遠征隊はいまのところ、まだ見えない。だが、ペリー・ローダンには《ソロン》から、アイシュラン＝ホで準備が進められているとの情報が入っていた。

　グラドたちはこの調査遠征に、大きな関心をしめそうとしない。この事実は、グラドがいだく、リシュタル星系のどこかをさまよい歩く未知者に対する不安のあらわれだ。この未知者をグラドは暗黙のうちに、銀河系の支配者と同一視している。

　イッサム＝ユ近傍に到達してから、探知システムが絶え間なく稼働しているが、異状をしめす兆候はない。このちいさな惑星は見た目のとおり、冷たく死んでいた。エネルギー探知機も反応なしのまま。地表の外観評価からも、わずかな手がかりすらつかめなかった。

　ペリー・ローダンも徐々に疑念を感じはじめた。トリンダルラーに手玉にとられたか？　メモキューブは媒体伝達士のものではなかったのか？　それとも、あの未知者がテラナーを誤ったシュプールに誘導するために、かれにメモキューブをのこしたのだろうか？

　いろいろな可能性が考えられたが、トリンダルラーゴームの自殺はやはり、一連の話に真実味を感じさせた。

　何度も話し合いが持たれるなか、ある席でヴェエ・ユィイ・リィが伝えた新情報に一同は驚いた。

「メモキューブを徹底的に調査したところ、トリンダルラーは最終的な録音の前に、何度か録音をくり返したようです。その最後に保存された痕跡を、いくつかの言葉が読みとれるまで増幅することができました。解釈はおまかせします。では聞いてください！」

かれが機器をセットすると、ゆがんだノイズ音が聞こえはじめた。これは極端な増幅によるものにちがいない。それでもゆがんだ音のなかから、いくつかの言葉がはっきりと聞きとれた。

「……未知者……四本腕の預言者……異星のテラナー……かれらに伝えねばならぬ、たとえわたしが危険におちいっても……グラドは未知者から逃げ……トリンダルラーゴーム……」

「新情報はないな」ペリー・ローダンはいい切った。「それでもこの言葉は、トリンダルラーがわれわれに真のメッセージをのこしたことの証明になる。いくら敵でも、偽のメッセージに第二の偽のメッセージを上書きするなどという、手のこんだ手口はつかうまい」

「やりかねませんがね」ブルは不満そうだった。

「きみの悲観主義はとめられないな」ローダンのブルーグレイの瞳がやや輝き、右の小鼻にあるちいさな傷跡が白みがかった。これは気持ちが高ぶったしるしだ。「ここにきたのは正しかった。わたしはあきらめないぞ」

「あきらめてたまるもんか」グッキーはいった。「でも、イッサム＝ユにはぼくのテレパシーもぜんぜん通じないんだ」

「サトラング上空でと、M－3星団への飛行中になにが起きたか思い出してみろ」ローダンはすこしほほえんだ。「探知スクリーンにはおぼろげなインパルスしかうつらなかった。あのときの敵が今回と同一だったら、その技術はトリンダルラーが研究所で使っていた技術よりも洗練されているはず。媒体伝達士のほうはメディア技術だ。われわれの真の敵はむしろ、探知技術やエネルギー技術に長《た》けている。想像を絶することをなしとげ、銀河系をクロノパルス壁で封鎖したんだからな。敵のイッサム＝ユの基地も、そうやすやすと発見できるわけがないだろう」

「憶測にすぎないことを前提とした話ですな」ブルは反論した。「とくに、狂気のバリアを築いたやつらが、リシュタル星系をうろつきまわってるという連中と同一だという証拠はありませんぞ」

「話し合いはもう充分だ」ローダンは決断した。「計測も監視も、テレパシーも、もう充分にやってきた。しかし、どれも結果が出なかった。こんどはゾンデをイッサム＝ユに投下する。それでもだめなら、われわれ自身が着陸しよう」

「ゾンデ降下中」すこしして、シントロニクス結合体が応じた。「各半球に七台ずつ、投下しました。無線連絡は正常です」

「ねえねえ」グッキーが口を出した。「ぼくがあっちにひとっ跳びして、ようすを探ったらどうかな？ 技術的な観測はもう、うんざりだよ」

「きみの行動意欲はめずらしくわたしの計画にぴったりだ」ローダンがすぐに同意したことに、グッキーは驚いた。「すぐにセランを着て、イッサム＝ユに跳び降りろ」

ネズミ＝ビーバーは待ってましたとばかりに跳びだした。

*

十八時間後、一同はふたたび司令室に集まっていた。グッキーはあきらめの表情だ。かれはイッサム＝ユの地表の百を超える地点にテレポーテーションしたが、手がかりはまったく見つからなかった。

《シマロン》のゾンデは傷ひとつなくもどってきた。持ち帰ったデータはどれも、イッサム＝ユの既存の惑星像と合致した。グッキーの報告とも一致する。ゾンデでも、異状をしめす手がかりはなにひとつ、感知できなかった。

この惑星はなんの特徴もない、死した氷の世界だった。シントロニクス結合体は明確な判断をくだした。探索を打ち切り、アイシュラン＝ホにもどったほうがいいと。ここでなにかを発見できる見こみはなさそうだった。

四日間の活動結果に、ペリー・ローダンは唇を嚙んだ。なんの成果もなかった。この事実を受けとめるのはつらかったが、テラナーは自分にも友たちにも、誤ったシュプールを追っていたことを認めざるをえなかった。

　全体にあきらめの空気が漂った、まさにそのとき、シントロニクス結合体が一報を伝えてきた。

「通常通信メッセージを受信しました。イッサム＝ユの地表からです。ノルウェー語で、内容は次のとおりです。

〝わたしたちは探さないで。イッサム＝ユ北緯二十一・六度、深さ七キロメートルの地点を探して！〟

　いたずらのように聞こえますが、違います」

　ペリー・ローダンはレジナルド・ブルを見つめた。ブルはグッキーを。グッキーはヴェエ・ユィイ・リィ、首席操縦士イアン・ロングウィン、副操縦士ランド・ミシュコムと目を見あわせた。言葉に窮することのないこの副操縦士は、首を左右に振り、いい放った。

「古いアフリカの格言はさっぱり思いつきません」

「くだらない話はいい」ペリー・ローダンは勢いよく立ちあがった。「イッサム＝ユの北緯二十一・六度、高度八百メートルを周回する。どこかになにかがあるにちがいない」

「そんな情報、だれがよこしたと？」ブルは驚いた。

「ノルウェー人だよ。きみも聞いていただろう。ばかげた話と思うかもしれないが」

「あるいは」グッキーがつけくわえる。「かつてノルウェーにいたことのある、だれかさんかもね」

「ばかげているにもほどがある！」ブルは悪態をついたが、だれも相手にしなかった。

一行は突然、さし出された望みの藁《わら》をつかんだ。そして、そもそもありえないことが起きたという点については、もう考えないことにした。

# 6

《アンブラ》はもう七日間、航行をつづけていた。この宇宙船は古く、速度がかなり遅いことに、ダート・ヒュロスでさえ、とうに気づいていた。シガ星人のアンブラは寡黙な男だとわかったが、ロボットはそれを受け入れていた。

　両ザタラはかれの太い脚のなかにいた。もともと中空だった脚のなかには、ずいぶん前から、土を満たした鉢が収容されている。ダート・ヒュロスのからだには、パーラフォンという小型の機器が内蔵されていた。これはジジ・フッゼルが、もと恋人のテラナー、ライナー・ディクのヴィールス技術と直観の助けを借りてつくりあげたものだ。この機器のおかげで、かれはザタラの姉妹とコミュニケーションをとることができた。

　ただ残念なことに、そのコミュニケーションがない。コマンザタラとファカッガチュアが、かたくなに黙っているからだ。ジジ・フッゼルが死んでからの出来ごとがあまりに深刻だったため、姉妹の心とからだは完全に凍りついてしまったのだ。

　ふたりは生きている。ダート・ヒュロスにはそれがわかった。でも姉妹は氷のなかで再生することを望んでいないようだ。すくなくとも、その気配はない。かれは水を張った桶、原子力の永久バッテリーを搭載した発電機、冷却コイルをそなえる冷却装置といった再生用の設備を一式、《アンブラ》の船内に運びこんでいた。でも両ザタラは、かれのどんな試みにも反応しなかった。ふたりの花はほとんど黒に近い、暗いブルーのままだった。

　さらに七日がたったが、天の川銀河の端にはまだ到達しない。まだ二万一千光年もある。一行がめざすのは大マゼラン星雲だ。

《アンブラ》は速度が遅く、多数の中継地を必要とした。約束の期限はまもなくだが、ダート・ヒュロスはとうから、ジョッポコス・トロイデは約束を守ると見こしていた。宇宙飛行とそれに関することは、ダート・ヒュロスにはよくわからなかった。もともと家庭用ロボットとしてノルウェーで設計され、製造されたロボットだ。ジジから多少の知識はあたえられたものの、現在のかれの状況に対応するには不充分だった。なにしろ、天の川銀河からの脱出という、かれには考えられないようなくわだての真っ最中にいるのだ。

　こうして、ジョッポコス・トロイデとたがいに設定した期限が過ぎた。パーラフォンはやはり沈黙したままだ。アンブラはダート・ヒュロスを連れて船の下部区画におり、備蓄食糧のなかにかくした爆弾の作動を解除した。

「わたしは帰らない」アンブラはいった。「もしよければ、きみたちといっしょにいるよ。どっちみち、われわれの未来は不透明だから」

「いてください！」ダート・ヒュロスは答えた。

　ふたりはいっしょに宇宙船のちいさなコクピットにもどった。《アンブラ》の技術システムは、ささやかな能力で、安定した動作をつづけている。ダート・ヒュロスはここではなにもできなかった。わけもわからず操縦をつづける、この年老いたシガ星人にたよるしかなかった。

　そのあとのことだった。三段階でそれは起きた。

「ダート！」パーラフォンから声が響いた。この声はコマンザタラだ。「予知よ！　見えるわ。死、終わり、逃亡……」

「いつです？」ダート・ヒュロスは交互に切替え可能なパーラフォンを介して訊ねた。その声は、両ザタラの耳にとどいているはずだったが、答えはもう返ってこなかった。

「探知中」と、アンブラはいった。「おかしいな。われわれは天の川銀河の端に近づいている。いまは星のすくない領域にいる。あれはどこからきた……」

「うわあっ！」コマンザタラが叫んだ。

「そうよ、姉さん！」

　ふたりのこの言葉をパーラフォンがダート・ヒュロスに伝えた。両ザタラは危険を感じている。アンブラは探知スクリーンで、この危険をまのあたりにしている。だが、ロボットにはわからない。

最初のエネルギー・ビームが無防備な《アンブラ》を貫いた。ダート・ヒュロスの金属製の頭が胴体からちぎれ飛び、音響信号でコミュニケーションをとる能力を奪われた。かれのポジトロン中枢部がこの欠陥を確認した。

未知者の第二のビームはアンブラに命中した。

「姉さん！」ファカッガチュアは死の恐怖にさいなまれていた。「未来に目標が見える？」

「見えるわ」コマンザタラはささいた。「遠くに惑星が見える。イッサム＝ユという惑星よ。この惑星に、遠い未来にペリー・ローダンがあらわれる。イッサム＝ユがわたしたちの目標の地よ」

天の川銀河の端までの距離は、まだ一万七千光年もある。《アンブラ》は広角のエネルギー・ビームによって砕け散った。そのときにはすでに、ザタラの姉妹は精神的に隔離して橋を架け、たがいの力を統合していた。そしてこの力を、空間遷移に集中させたのだ。姉妹はダート・ヒュロスを移送容器として連れていった。

ダート・ヒュロスはこの過程で、さらなる損傷を受けた。大事にはいたらなかったものの、もう、自分がヒュレなのか、ヒュロスなのか、ヒュルロスなのかわからない状態だった。

植物知性体の姉妹がなにを計画し、実行しているのか、かれにはどのみち理解できない。ひたすら容器として、コマンザタラとファカッガチュアをおおいかくした。相いかわらず、両ザタラはなにもいわない。かれはできるかぎり適切な環境をあたえるようにつとめた。ただ、頭のセンサーがないので、感知できることや、実行できることはかぎられた。

それでも、かれはなんとかやってのけた。沈黙をつづける両ザタラのために。すると突然、かれの足の下に硬い地面があらわれた。ザタラの姉妹が自分たちとロボットを、ある惑星に遷移させたのだ。

ダート・ヒュロスはその場を動かなかった。そして、ザタラたちの生命のしるしを待った。

ひたすら待ちつづけたのだ。およそ六百五十年も！

長い年月をへたある日、パーラフォンがふたたび、両ザタラの思考を受信した。ふたりはやはり強靭《きょうじん》だった。太古のロボットのポジトロン回路も生気をとりもどした。

「ダート！」まだ作動していたダート・ヒュロスの論理エレメントが聞きとった。何世紀ものあいだにいつのまにか数々の故障が発生しており、それを特定し、除去する必要があった。「わたしたちの予知は当たったわ。ずいぶん長い時間がかかったけれど。わたしたちはいま、テラナーたちのかなり近くにいるの」

「ここはどこですか？」が、ロボットの最初の質問だった。

「イッサム＝ユの穴のなかよ。大マゼラン星雲の」ダート・ヒュロスは、いましゃべっているのはコマンザタラだとわかった。「わたしたちははるか昔に空間遷移によってこの場所にきたの。ここなら友に会えるかもしれないと思ったから。ザータル＝オタラ、別名フアマチュカを探し出す計画は、延期せざるをえなかった」

「さっぱり意味がわかりません」と、ダート・ヒュロス。かれの機能は大部分が故障していた。「オトゥラ＝ザトラとか、マチュカ＝ハウマチョとかいうのはだれですか？なんの話です？」

「生きのこった最後の男性ザタラよ」フアカッガチュアが、かれのでたらめな発音には触れずに答えた。「でもそれは、いまは重要じゃない。重要なのは、この近くにいるテラナーよ。そのなかにペリー・ローダンがいる。かれらは問題をかかえているの。遠征隊員の女性を探しているのよ。名前はニッキ・フリッケル。かれらはイッサム＝ユに住みついた異星の存在を探知できていない。そのかくれ場はほぼ完璧だから。テラナーはニッキ・フリッケルが囚《とら》われている牢獄も見つけられないの」

「それには興味がありません」ダート・ヒュロスは自分の見解を述べる。「テラナーのところに送ってください。新しいセンサーがついた新しい頭がもらえるように」

「それはむりなの」両ザタラは同時にいった。「わたしたちは過ちをおかしたから。ジジ・フッゼルの死を見抜けず、阻止できなかったの。この過ちを償わなければ。償うまで、テラナーがわたしたちを見ることは許されないの。でも、ペリー・ローダンとかれの友を助けたい」

ダート・ヒュロスはわけがわからないようすだった。話の脈絡を理解できないからだ。結局、両ザタラにこう伝えるしかなかった。

「わたしにはもう、自分の故障をすべて除去することはできません。手助けできる範囲はかぎられます」

「送信機はまだ機能する？」コマンザタラは訊ねる。

「たぶん。ためしてみますが、保証はできません」

ダート・ヒュロスは、かつて数多くのマイクロシステムをそなえる頭があった穴の横の、傷ついた左肩の上にアンテナを伸ばし、送信機に通電した。同時にかれは、数少ない無傷のセンサーで、ザタラ姉妹がかれをイッサム＝ユの地表に移動させたことを感知した。

「ペリー・ローダンに連絡して」コマンザタラとフアカッガチュアはまた同時に、半テレパシーの声でもとめた。「わたしたちの名前はいわずに、わたしたちが友であると伝えて。わたしたちを探さないようにいって。それにはまだ早すぎるの。ニッキ・フリッケルがイッサム＝ユのどこで見つかるか、教えるわ。北緯二十一・六度、深い地溝の八千キロメートル西、深さが六キロメートルから七キロメートルの地点よ。あとひとつ、ダート、インターコスモで話すようにして。テラナーにわたしたちが友だと気づいてもらうために」

「なにひとつわかりませんでした」ダート・ヒュロスは嘆いた。「わたしのインターコスモ用のメモリは、使える状態ではありません」

「すぐに送って！」コマンザタラはうながした。「そうしないと手遅れになる。テラナーの多くがすでにイッサム＝ユをはなれることを考えているから」

「最善はつくします」ダート・ヒュロスは約束した。

かれのポジトロン部品はこんな容易なタスクでも、まともに動作しない。決まりきったプログラムで、エラーや異常がくり返された。

そういうわけで、ダート・ヒュロスがインターコスモのかわりに、祖語のノルウェー語を用いても不思議はない。ザタラの姉妹が伝えた内容が、アンテナから送信されたときにはいくぶん変わり、だいぶ短くなったことも。

〝わたしたちは探さないで。イッサム＝ユ北緯二十一・六度、深さ七キロメートルの地点を探して！〟

コマンザタラとフアカッガチュアはそのことに気づかなかった。でも、あらゆる情報を収集できる信じがたい知覚能力で、ペリー・ローダンが北緯二十一・六度の方角へ宇宙船を移動させたことを感じとった。メッセージはとどいているはずだ。

# 7

すでに最初の周回で、凍てついた岩塊の深さ七キロメートルの地点に空洞が見つかった。その空間は、直径八百メートルの球体くらいの大きさだった。エコーはぼやけ、細部はわからない。それ以上のことは確認できなかったが、グッキーが突然、ニッキ・フリッケルの思考の断片を受信したと主張した。それはまさに惑星内部の空洞の方向からとどいたという。

「ときどき、テレパシーでなにかが聞こえるんだ」グッキーは説明した。「でも内容ははっきりしない。また消えちゃった」

ペリー・ローダンは安堵した。「われわれはやはり、正しい道を進んでいる。だれが情報をくれたのかは、いまはどうでもよい。注意をおこたるな。罠の可能性もある」

グッキーは長時間の活動でまだ多少、衰弱していたが、くわしい調査のために、探知された空洞にテレポーテーションする自信に満ちていた。ローダンが休憩をとるように勧めても、応じようとしない。

「もう充分に時間をむだにしただろ」グッキーはいった。「ぼくがニッキを見つけてみせる」

グッキーは非実体化すると、一秒もしないうちにまた、《シマロン》の司令室にもどってきた。かれの目には怒りの色があった。

「どうなってるんだよ！」甲高い声で憤慨する。「岩のまんなかに着地したせいで、跳ね返されちゃったよ」

「方向感覚に難ありか？」レジナルド・ブルがからかった。「休んだほうがいいぞ」

「ばかいえ！」グッキーは否定する。「きみたちの探知データがまちがってるんだ。ぼくはテレポーテーションのために正確にデータを送ったのに、空洞のはずの場所に岩があったんだよ」

イアン・ロングウィン、ラランド・ミシュコム、ヴェエ・ユィイ・リィの三名は、あわてて探知画像と位置測定値を見直した。作業を支援するシントロニクスが、かすかな影のようなリフレックスを指摘した。これが結果の改竄《かいざん》を引き起こした可能性がある。

「敵は高度な隠蔽《いんぺい》フィールドを展開させているな」ペリー・ローダンはいった。「これはべつの場所ですでに経験ずみだ。今回も同じものにちがいない」

シントロニクス結合体があらたな座標値をもとめると、前の数値とは数キロメートルずれていた。グッキーがただちにテレポーテーションしたが、また一秒もしないうちにもどってきた。

「ちょっとはましだったけど」と、グッキー。「また岩に着地して、跳ね返されたよ」

「なぜ、ましだと思った？」ローダンは訊ねた。

「ほんの一瞬、岩のなかで実体化したんだ。反撥効果にごくわずかな時間がかかったのさ。その間に、前よりずっとはっきりと、ニッキの思考を感じたんだ。だから、ニッキの近くにいたんだよ。ただ、敵はさまざまな隠蔽フィールドを展開してるみたいだ」

　シントロニクスと専門家らはもう一度、はじめからすべてを計算しなおした。データの改竄がいくつも確認され、とりのぞかれた。敵が意図的にくわえたことは明らかだ。

「このうえなく精確ですよ」八台のシントロニクスは伝え、地下空洞の修正した座標を提示した。グッキーはセランを閉じ、姿を消した。

　十秒ほどたった。グッキーがふたたびあらわれると、意識を失って床に倒れこんだ。首席船医のセッジ・ミドメイズがすぐに手当をする。

　数分後、ネズミ＝ビーバーは目を開けた。かれの口から、よろこばしくない報告があった。

「誘拐犯のかくれ場を見つけて、すこしそこにいたんだ。ニッキの思考がはっきり聞きとれたよ。ニッキは自分が捕虜だと感じてる。ほかの生命体の思考は探れなかった。地下ステーションはいろんなエネルギーバリアで守られてるね。外側のこの場所ではニッキをまったく感知できないから。高い壁と見慣れないスイッチ・コンソールのある薄暗い部屋に着いたとたん、ヒュプノ暗示力を感じたんだよ。数秒間で耐えられないほど強くなって、ぼくは退却させられたのさ。ニッキがいる正確な場所は確認できなかったけど、ぜったいにこの地下施設にいるよ」

「ヒュプノ暗示防御フィールドか」ペリー・ローダンはつぶやいた。「セランの防御装置を突破し、グッキーほどのメンタル安定化したミュータントを退却させるとは。たちが悪そうだ。ライオンの洞穴にどうやって忍びこむかな?」

だれも答えは出せなかった。

＊

二日たっても、ペリー・ローダンは糸口を見いだせなかった。《シマロン》の戦闘ロボットを出動させ、イッサム＝ユの地表に地下へ通じるシャフトがないか調べさせたが、まったく見つからなかった。ニッキ・フリッケルの牢獄には、ふつうのやり方ではたどりつけないようだ。

グッキーは完全に回復した。もう一度、地下のかくれ場にテレポーテーションしようとしたが、二分後にはもどってきた。ヒュプノ暗示バリア・フィールドのせいで、未知者の地下ステーション内にとどまることができないのだ。

ノルウェー語で基地の情報をくれた、もうひとりの未知者探しも、やはり成果はない。この件では《シマロン》内で憶測がとびかったが、関係を解き明かすヒントはさっぱり得られなかった。ただ、あの〝ノルウェー人〟が銀河系の謎の支配者とはなんの関係もない、という点では意見が一致した。

この間に、三隻の宇宙船で構成されたグラドの調査のための遠征隊が、イッサム＝ユ上空に到着した。ローダンはグラドにくわしい情報を提供したが、得るものはほとんどなかった。

グラドの遠征隊長は、テラナーの報告をアイシュラン＝ホに送ると約束した。かれ自身はここでの出来ごとに介入できないという。遠征隊はむしろ、惑星のデータ測定と地下資源の探査に専念するつもりだった。

ローダンもそれ以上のことは期待していなかった。グラドたちが銀河系の支配者とされる存在を恐れているのを知っていたからだ。それでも、三隻がいることには利点があった。もし対決となれば、グラドもさすがに事態を避けては通れまい。

テラナーはそう、考えていた。

《シマロン》の司令室で緊急会議の最中に、シントロニクス結合体からメッセージが飛びこんできた。

「何者かが通常通信でペリー・ローダンとコンタクトをとろうとしています。正体不明。

ちいさな声で意味不明なことを話し、言葉はカルタン方言とノルウェー語が混ざっています。おつなぎします」

一同は驚き、目を見あわせた。

ノルウェー語だと！　あの声だ！

「逆探知しろ！」ローダンはいった。

「できません」と、シントロニクス結合体。「信号がいろいろな違う方向からとどくのです。どれもイッサム＝ユの地表からですが」

たどたどしい声が響く。

「ペリー・ローダンに……多くのことはできない……わたしは破壊が進んで……ゲストの意向を……ペリー・ローダンに、ヒュプノ装置を破壊しなさいと……未知者……わたしたちが二、三名を保護しながらステーションに運んであげる……でも、戦いはしない……」

「こちらはペリー・ローダンだ」テラナーが応じた。「わたしの声が聞こえるか？　きみはだれだ？」

「こちらは聞こえています。わたしはヒュレでヒュロスでフロスです」見知らぬ相手の声は今回、ややはっきりしている。明らかに人工音声だが、もう正常に機能するのはむずかしいようだった。「準備はいいですか？　武器はありますか？　装置をかならず破壊してください。ふたりがあなたをステーションに運ぶことができるのは一度きりです。ふたりはわたしのなかにいますが、弱すぎます。準備はいいですか、ペリー・ローダン？」

「きっと罠だ！」ブルは警告する。

「カルタン方言にノルウェー語だ」ローダンは首を左右に振る。「違うよ、ブリー。あの未知者には当てはまらない。手助けを受け入れよう。グッキー、くるか？」

「もちろん」イルトは即答した。

　ローダンはまた、通信装置に話しかける。

「聞いてくれ、ヒュレ！　グッキーとわたしを地下のステーションに運んでくれるなら、いますぐやってくれ！」

「それをするのは、わたしじゃないです」たどたどしい声がした。「彼女たちです。わたしはただのヒュロスかヒュレです。防御システムを作動させてください……」

　すると《シマロン》の司令室に、首のない不格好なロボットが実体化した。とても古そうだったが、どこかテラナーのデザインを彷彿《ほうふつ》とさせた。

　だれかが反応する間もなく、この奇妙な物体は両腕でローダンとグッキーに触れた。

　するとまた姿を消した。

　同じ瞬間、ペリー・ローダンとグッキーのシュプールも消えてしまった。あのロボットが不可解な方法で、ふたりを連れ去ったのだ。

ブルが悪態をついた。

＊

ふたりは気がつくと、ドーム状のホールにいた。そこは見知らぬ技術の巨大な機械でいっぱいだった。ローダンとグッキーの横には、首のないロボットが黙って立っている。

「これがヒュプノ装置です」と、セランの通信受信機から聞こえてきた。このおんぼろロボットは、テレポーテーション能力はグッキーに引けをとらないが、音声での伝達はもうできないようだ。

ペリー・ローダンはヒュプノ暗示性のかすかな圧力を感じた。一方、半球状のフィールドがちらちらと光りながら、グッキーとかれをつつみこんでいることにも気づいた。このバリア・フィールドの中央に、首なしロボットが立っていた。

「急いでください！」ロボットはうながした。「彼女たちの力がつきかけています」

「彼女たち？」グッキーが訊ねる。「それ、だれのこと？」

ローダンはもう躊躇《ちゅうちょ》しなかった。セランの武器で装置群を攻撃。グッキーもかれにならった。最初の命中でエネルギー・フィールドが燃えあがった。

「横だ、気をつけろ、ペリー！」グッキーは叫んだ。未知のロボットが十数体、突進してくる。「そっちはまかせた！」

ローダンがロボットに集中砲火を浴びせるあいだに、グッキーはテレポーテーション。かれは一秒後、首なしロボットの防御フィールドにもどってきた。

「あぶなかったね」かれは友に呼びかけた。「外はまだヒュプノ暗示フィールドが有効だけど、重爆弾を施設に仕掛けてきたよ。もうじき爆発する……」

　壁のような装置群が粉々に吹き飛んだ。セランの防御フィールドが燃えあがる。その瞬間、首なしロボットが消えた。ローダンはまだ弱まるヒュプノ・フィールドを感じていた。数秒間、頭が朦朧《もうろう》としていたが、かれのセランは単独で未知のロボットと戦いつづけた。

　するとグッキーがローダンの横にあらわれた。かれに触れると、ホールのもっとも奥の片隅へと短いテレポーテーション。ふたりはロボットの攻撃をかわすことができた。ネズミ＝ビーバーは強いメンタル圧力が消え、本領を発揮した。ローダンに背面援護をまかせ、テレキネシスを使って未知のロボットを空中にはね飛ばすと同時に撃ち落とした。その合間に、損傷をまぬがれた技術施設のエリアにテレポーテーションし、さらに二個の爆弾を爆発させた。

　爆発音がなりやむと、ペリー・ローダンは《シマロン》とハイパーカムで連絡をとった。これは、未知の敵のもうひとつの高感度設備に打撃をあたえたことの証明だ。端的に起きたことを報告すると、ブルはひとまずほっとした。

攻撃を仕掛けたロボットたちは、破壊されるか、みずから撤退した。グッキーはまた友のもとにあらわれた。

「ニッキの居場所はここから数百メートルしかはなれてないよ。ニッキのところに跳ぼう」

グッキーはローダンに手を伸ばしかけたが、ローダンはそれを制止した。「ちょっと待て！」

ブルがあらたに《シマロン》から連絡してきたのだ。

「ペリー！　おぼろげな物体を探知しましたよ。猛烈な速度でイッサム＝ユをはなれ、宇宙に飛び去っていく。探知機のリフレックスはぼんやりとして一瞬だったが、見おぼえのあるやつらにそっくりでした」

「撤退したな」ペリー・ローダンは結論づけた。「こんどはニッキを探す番だ！」

グッキーがテレポーテーション。ふたりはせまい通路に出た。行きどまりにドアがある。ドアの前には武装した二体のロボットが床に倒れており、身動きひとつしない。ローダンがかれらを調べると、ロボットの主要な構成要素が焼かれていた。焼けた部分はまだ赤く燃えていることから、つい数秒前に死んだにちがいない。胸部のメモリユニットは完全に焼け落ちていた。

「敵はすべてのシュプールを消したんだな」テラナーは推論した。

「すぐにもどるよ」グッキーは重いドアを指さした。

かれはテレポーテーションすると、すぐにニッキ・フリッケルを連れてあらわれた。かんたんながら心のこもった挨拶がかわされた。ニッキは健康にまったく問題はなかった。ローダンはまだ気をゆるめない。

「敵は撤退した」と、ローダン。「敵のロボットは戦闘不能にされている。ここをすべて潰滅させる気かもしれない。われわれは無用なリスクは冒すまい。この敵はだれだ、ニッキ？」

「わかりません。独房ではロボットとしか接触がなかったから。なぜ誘拐されたのかも、わたしになにをもとめていたのかも不明です」

ペリー・ローダンは失望したが、どうしようもない。

「あのトリンダルラーは誘拐犯とぐるか？」ローダンはさらに訊ねた。

「違います！」ニッキ・フリッケルは断言した。「トリンダルラーはわたしにイホ・トロトの情報を伝えようとしたけど、できなくなったんです。ビーム放射で致命傷を負ったから」

ブルからまた連絡がきた。

「隠蔽バリアが崩壊したら、直径三百メートルのシャフトが出現しましたぞ。これを通って未知の物体は逃げたんですな。シュプールを探すために、ロボットをのせた搭載艇二機を下に送ります」

「ロボットにここで調査をさせよう。われわれはすぐに《シマロン》にもどる」ローダンは応じた。「グッキーとわたしをこの地下ステーションに連れてきた首なしロボットについて、なにか見たり、聞いたりしなかったか？」

なにも、とブルは否定した。グッキーはローダンとニッキ・フリッケルとともに、《シマロン》の司令室にテレポーテーションした。ニッキは《ソロン》の乗員と言葉をかわすことができたとき、ようやく心からほっとした。ウィド・ヘルフリッチとナークトルは、まさにわれわれを忘れてよろこんだ。

グラドの三隻の宇宙船は、一連の出来ごとにほとんど反応をしめさなかった。なにか訊かれることもなかったので、ローダンは連絡も情報の提供もしないことにした。

三時間後、ロボットたちは地下施設からもどってきた。施設をだれが建造したか、だれが利用していたかをしめす情報は見つからなかった。情報を記憶する性質の設備はすべて、完全に破壊されていたからだ。それでもロボットは、驚くべきものをふたつ持ち帰った。

ひとつはトリンダルラーの亡骸《なきがら》、もうひとつは、かれの研究所から盗まれた機器の一部だ。

「アイシュラン＝ホにもどろう」ペリー・ローダンは決断した。「グラドはここで調査をつづければいいさ。われわれはニッキをとりもどした。それ以上は望むべくもないだろう。グラドが役に立つものを見つけるとは思えない。敵はシュプールをのこすには賢すぎるからな」

「いいえ、ひとつミスをおかしました」ニッキはペリー・ローダンを、寝椅子に横たわる媒体伝達士の遺体に招きよせた。トリンダルラーのこぶしを握った右手を無理やり開き、なにかをとり出した。

「かれのわたしへの最期の言葉は」ニッキはおぼえていた。「〝わたしはもう生きていなくても、なお語るであろう！　わたしは死んでも、なお語るであろう！　わたしは語る死者になるのだ！〟でしたよ」

　ニッキはちいさなメモキューブをかざしてみせた。だが、この装置のコネクタは、その場のだれにとっても未知のものだった。

「研究所を修復する！」ペリー・ローダンはにやりとした。「《ソロン》の若手の仕事ぶりを見に行くぞ。敵の遺留物を持っていこう」

# 8

二日後、ペリー・ローダン、ヴェエ・ユィイ・リィ、ニッキ・フリッケル、そして《ソロン》の技術者数名は、アイシュラン＝ホの都市、パテンベの西側山腹にある、トリンダルラーの研究所にいた。イッサム＝ユで発見された機器は、本来の場所にもどってきた。破壊されたものは、ほぼ修復が終わっていた。

「メモリを読みとれるか、やってみましょう」ヴェエ・ユィイ・リィはいった。

かれは七本指の右手でこのちいさな物体を持ち、左手でさまざまなセンサーキイを操作した。

技術者も参加して最後の接続が完了した。《ソロン》から持ちこんだ記録装置がすべてを記録する。

「はじめます！」首席技師のヴェエ・ユィイ・リィはやや心もとないようすだ。

スクリーンは暗いままだったが、部屋の中央に映像がうつしだされた。まず、広大な地下が見える。岩石を溶かしかためてできているようだ。やがて背景に、異様なかたちの建物がいくつも上へとのびていく。その前方に、どこからともなくつぎつぎと宇宙船が姿をあらわした。そのモデルはさまざまで、どれも出自は不明だ。

すると、あのハルト人の姿があらわれた！

腕をひろげ、顔にやさしい笑みを浮かべた四本腕の姿は、まさしくかれそのものだった。

イホ・トロトはインターコスモで次のように語った。

「だれがこのメッセージを聞き、目にしようとも、このメッセージは、ペリー・ローダンと呼ばれるわたしの友、ローダノスにあてたものだ。これはわたしからのメッセージで、わたしはイホ・トロトだ。善意の者すべてに、とくにローダノス、あなたにもとめる。わたしについてくることを。わたしの前には、はるかな道のりがつづく。同行者はだれでも歓迎する。わたしはこの道の行き先しか知らない。それは重要な行き先だ。わたしは過去の柱へつづく道にいる。わたしにつづけ、友よ！」

過去の柱！

この謎めいた場所に、アムリンガルの時の石板があるはず……

＊

ダート・ヒュロスは内部回路をみずから修復しようとしていたが、外部の助けなしには機能を完全には回復できないことがわかった。この悲しい事実をザタラの姉妹に伝えたが、返事はなかった。

ふたりの精神の活性フェーズは、短時間で終わってしまったようだ。最後に両ザタラは空間遷移によってダート・ヒュロスをまた、地下の空洞に移動させた。そこは寒冷で、薄い空気があるはずだった。

ダート・ヒュロスはこうした環境条件を正しく評価する自信がなかった。かれのサブシステムは、動作が不正確で不完全だった。時間を特定するためのポジトロン性モジュールも、また機能しなくなった。誤報を避けるため、かれはこのモジュールを非作動にした。

しばらくして、パーラフォンとの接続部がふたたび反応した。ダート・ヒュロスは、ザタラ姉妹との最後の会話から七時間後のことだと思ったが、七日かもしれないし、七年かもしれなかった。

「例のステーションの動向が思わしくないの」フアカッガチュアは伝えた。「もう一度、介入して、テラナーたちを助けないと。手助けがないと、かれらは先に進めないわ」

「わたしの送信機は多少、回復しました」ロボットはいった。「でも、また故障するかもしれません」

「ペリー・ローダンに連絡して！」コマンザタラがもとめた。「あなたがローダンの宇宙船にアクセスできるように、もう一度、イッサム＝ユの地表に遷移するから」

「最初の接触のあと、相手は注意深くなっています」ダート・ヒュロスは警告する。かれの機能はいまのところ、ほぼ問題がない。「テラナーは送信機の位置を突きとめ、だれがしゃべっているか、たしかめにくると思います」

「それを避ける方法はちゃんと考えているわ」コマンザタラはうけあった。「空間遷移で居場所をひんぱんに変えるのよ。そうすれば、位置測定をしてもむだでしょ」

「ペリー・ローダンと連絡をとりましたが」と、ダート・ヒュロス。「言語変換装置の調子がすこし悪いので、あなたたちのハンガイ語が多少、まざってしまったと思います」

「たいしたことじゃないわ」と、コマンザタラ。「ローダンにはきっとわかる。予知したのよ。よりよい未来への希望はかれにかかっているって。だからかれが重要なの。カタストロフィ状況がある程度おさまるまで、どれだけかかるかわからないけど、そのあとではじめて、わたしたちはザータル＝オタラを探しにいける。そのころには、わたしたちの償いの期間も終わっているでしょうし」

「そこまで、わたしは生きていません」ロボットは冷静に応じた。「いまでさえ、半分ぽんこつなんですから」

「こんどは、ペリー・ローダンにこう伝えて」と、フアカッガチュア。「未知者の地下ステーションにある、ヒュプノ装置を破壊しなさいと。破壊しないとあなたは敵を打破できない。だから、わたしたちが二、三名の戦士を、補正フィールドで守りながら、地下の装置があるところに運んであげる。でも、わたしたちは戦闘そのものには介入できない。そう伝えて」

「送信します」と、ダート・ヒュロス。「テラナーにどう、とどいているかはわかりません。いま、質問が返ってきました。わたしがだれか、知りたいと」

「なんでもいいから答えて」コマンザタラはすぐに叫んだ。「でも、秘密は守るのよ！　急ぐようにいって！　わたしたちの申し出をくり返して」

ダート・ヒュロスは送信した。「こちらは聞こえています。わたしはヒュレでヒュロスでフロスです。準備はいいですか？　武器はありますか？　装置をかならず破壊してください。ふたりがあなたをステーションに運ぶことができるのは一度きりです。ふたりはわたしのなかにいますが、弱すぎます。準備はいいですか、ペリー・ローダン？」

　ロボットは返事を受けとり、パーラフォンごしに両ザタラに伝える。

「聞いてくれ、ヒュレ！　グッキーとわたしを地下のステーションに運んでくれるなら、いますぐやってくれ！」

「それをするのは、わたしじゃないです」ダート・ヒュロスははっきり答えた。「彼女たちです。わたしはただのヒュロスかヒュレです。防御システムを作動させてください……」

「もういいわ！」フアカッガチュアはさえぎった。「さあ、跳ぶわよ。ダート、あなたはローダンとその横にいる動物に触れて。あとは、わたしたちにまかせて」

ダート・ヒュロスはまだ機能するわずかなセンサーで、ザタラ姉妹が自分をまた空間遷移させたことを感知した。近くに熱を感じる人影があった。いわれたとおりに両腕で触れると、また遷移した。

「これがヒュプノ装置だと伝えて」コマンザタラはうながす。「これを破壊しなさいと。急ぐようにいって。わたしたちの力は消えつつある。補正フィールドをそう長くは維持できないわ」

ダート・ヒュロスはふたたび送信した。その直後、かれはふいにその空間から引きはなされた。ザタラ姉妹がまた、驚くべき力を投入したのだ。

「とても疲れたわ」かよわい声がパーラフォンから響いた。この声はフアカッガチュアだ。「わたしたちはいま、どこにいるのかしら」

コマンザタラは答えなかった。

ダート・ヒュロスは周辺のようすを感知するため、すべてのセンサーを起動したが、作動したのは赤外線の目と紫外線センサーだけだった。その画像は不完全でゆがんでいたものの、周辺環境は多少なりとも把握できた。

ロボットはいま、人工的なホールにいる。天井にはいくつもの光源があり、その赤外線・紫外線成分は弱かったが、物体が反射するには充分だった。

ダート・ヒュロスは考えた。ここはきっと、イッサム＝ユの地下ステーションのべつの部屋にちがいない。最後の空間遷移は、長い距離には感じられなかった。

確認できる機械ユニットは未知のしろもので、テラの技術では見おぼえのないものばかりだった。

かれは再度、パーラフォンごしにコマンザタラとフアカッガチュアに呼びかけたが、ふたりは完全に引きこもって応じない。

そのとき、かれは人影を見た。数は五名。奇妙な照明環境のせいか、その姿はぎくしゃくした動きをするまぼろしのように見えた。それは古いロボットの不完全な感知能力のせいだったのかもしれない。すると、意味不明の奇妙な言葉が聞こえてきた。

「あれは生命体ですか？」かれは両ザタラに訊ねた。「それとも、ロボット？」

また答えはなかったが、かれの両脚のセンサーが衝撃的な情報を伝えてきた。

脚のなかががらっぽだ！

コマンザタラとフアカッガチュアは、かれのもとを去っていたのだ。

そのとき、ダート・ヒュロスの赤外線の目がほんの一瞬、不気味な未知者がかれに向かって大きなエネルギーを放射するのをとらえた。そしてかれはもう、いなくなった。

＊

過去の柱！

ペリー・ローダンは考えこんでいた。かれはひとり、考えていた。かれは自分の次の決断がどうなるかをわかっていた。一方、成果に完全には満足していなかった。自分が考え、感じたことを話したかった。それを自分自身に話すのだった。グッキーがなにか聞きつけるかもしれないが、たいした問題ではない。

正しくなくても、大げさでもかまわない。重要なのは、考えを口に出すこと、感じたことを話すこと、結果を恐れず、見たままの真実をひろめる勇気を持つことだ。絶対的な真実を手にするまで待とうとする者は、おろか者か、さもなければ、永遠に沈黙をつづけなければならないだろう。

トリンダルラーは、正しくないことをひろめ、大げさなことをいって生きてきた。しかし、かれは真実をあつめる勇気もあった。その勇気のために、命を失うはめになった。かれのパートナー、トリンダルラーゴームもかれのあとを追った。

真実のために死のうとする者がほかにいるだろうか。

絶対的な真実は、宇宙の境界のあいだには存在しない。ローダンはとうにそれを知っている。

ニッキ・フリッケルの解放は大成功をおさめたが、その栄光は、大きな問題や未解決の疑問の前に、そして一連の謎めいた出来ごとの前に、色あせて見えた。

ほかにもかれが心を痛めることがあった。リシュタル星系に進出し、トリンダルラーとそのパートナー、トリンダルラーゴームは命を失った。アイシュラン＝ホのグラドとの接触をもとめたローダンとそのテラナーたちが、ふたりの死に責任がないわけはない。

ここ、グラドの惑星で得られた過去六百九十五年の情報は、きわめて乏しいものだった。《ソロン》の乗員の一部にとってこの結果は、精神的な壁にぶつかったも同然だった。それも、クロノパルス壁に勝《まさ》るとも劣らない、硬い壁に。

ニッキ・フリッケルの解放は一筋の光明だ。ハルト人、イホ・トロトのメッセージは、その内容が真実かどうかはまだ疑わしいものの、もうひとつの光明……というよりも、大きな疑問符つきの展望だ。

ペリー・ローダンはポルレイターとの接触が失敗に終わったのち、リシュタル星系でグラドのなかに、銀河系の未知の支配者に対抗する同盟者を見つけたいと望んでいた。これは実現しなかった。

イホ・トロトの具体的なシュプールを、かれは信じていなかったが、まさにそれが見つかった。しかし、その結果、まったくあらたな疑問が浮上したのだった。

死亡した媒体伝達士のメモキューブの記録が偽造でなければ、過去の柱とアムリンガルの時の石板を探ることが、重要な鍵を握るかもしれない……これらの言葉の裏になにがかくれていようとも。

イホ・トロトは過去の柱を探している。だれがかれをこのシュプールに導いたのだろうか？ かれの記録のひとつがローダンの手にとどくことを、かれはどうして望んでいるのだろう？ 過去からのシグナルがあったのか？ トリンダルラーの手にわたったこの記録はいつ、作成されたのだろう？

疑問の上に疑問が、謎の上に謎が、重なりつづける。

イホ・トロトが出現した映像は、かれを悩ませるのに充分だった。外の光景も、建物も、宇宙船も、あの記録がどこで作成されたかを特定するヒントにはならない。ローダンはもちろん、すべてのデータを《シマロン》のシントロニクス結合体に提供し、この奇妙なメッセージの背景を探り出すよう指示した。

これまでのところ、その答えは得られていない。ローダンにはまだほかにも疑問があった。イホ・トロトは過去の柱に言及した。だが、かれは……いつものかれとはまるで異なる……非常に曖昧《あいまい》な表現を使っていた。

なぜだろう？ あれはハルト人の友の流儀ではない。

かれはあの記録を作成することを強要されたのだろうか？ 証拠はないが、そうも考えられる。だが、もしそうだとしても、やはり根本的な疑問にぶつかってしまう。あの記録はどこで作成されたのか？　どこで、いつ？

メモキューブの記録がどうやってトリンダルラーの手にわたったのかは、それにくらべたら重要性が低かった。

シントロニクス結合体は引きつづき、メモキューブの記録からシュプールを探すことになる。このメッセージの出所に関するヒントを見つけることは重要だ。ただ、十八時間たってもまだ、なにも見つけられていない。これは実のところ、今後もなんの情報も見つけられないことを意味していた。

ローダンはこれまでとは違う、あらたな岸をめざして進む必要があった。たとえそれが過去の岸であっても。

かれは決断していた。

問題のひとつは確実に除去できたのだ。グラドがかれをいまでも、ペリー・アブロという名の一般テラナーとみなすとしたら、かれらは救いようがない。およそ七百年ぶりとはいえ、ここにあらわれたのは真のペリー・ローダンだと認識したはず。

ローダンはもう決断していた。それを実行にうつそう。

《ソロン》をすぐに集合ポイントのフェニックス＝1に帰還させ、報告させよう。アトランに情報を伝えなければ。かれはこの不透明な、心のなかでまだ整理がつかない未来の時代の重要なパートナーであり、友だから。アトランとローダンは個別に調整された細胞活性装置の保持者で、それ相応の義務がある。

ローダン自身は《シマロン》とともにアイシュラン＝ホにのこる。その期間は最長で五日間と定めた。そのあいだに、過去に関するなんらかの情報を聞き出したい。これは重要だ。

ニッキ・フリッケルの解放はすばらしい成果だった。この出来ごとからあらたな知見は得られなかったが、すくなくともいくつかの重要な事実が裏づけられた。

未知の敵は偽装の名人だ。そのバリア・フィールドは欺瞞《ぎまん》、偽装、隠蔽の性質をあわせ持つ。サトラングでローダン一行ははじめてこれを経験した。おぼろげなリフレックスは、もう何度も探知されている。

ここでだれが動いているのだろう？

何者なのか？　七百年前に存在した敵を示唆《しさ》する情報はない。ヘクサメロンを推測させるものもない。エスタルトゥの十二銀河の支配者も、ソトのちいさなクローンたちも。そして、ソトそのものも。

銀河系でこの六百九十五年のあいだになにが起きたのだろうか？

そして今後、なにが起きるのだろう？

ペリー・ローダンはひとり、考えていた。

きみについていこう、イホ・トロト！　わたしのほうが先に過去の柱に到達して、アムリンガルの時の石板を読むかもしれない。そのあとできみが到着し、翻訳が困難だったら、わたしが助けよう、わが旧友よ！

　ローダンは、自分がすこし夢と希望を持ちすぎていることをわかっていた。でもローダンにはひとつ、夢や希望ではない確信があった。それは、イホ・トロトと再会することだ。この確信はかれにしっかりと根づき、揺らぐことはなかった。

*

　出発した《シマロン》の探知システムは、氷の惑星の氷塊に突如としてあらわれた、ふたつのちいさな点に気づかなかった。もしセンサーが偶然、この地点を集中的に探知していたとしても、ここで起きたことは見落としていただろう。数秒後には見えなくなってしまったから。

「水を多くふくむ氷だわ」コマンザタラは妹に思考のなかでささやいた。「空気がたりないのは問題だけど、完全な再生が可能かもしれない」

「かわいそうなダート」フアカッガチュアは応じた。彼女は崩壊のプロセスを開始していた。「かれのために、なにかできなかったかしら？　不気味な未知者に殺されなければならないなんて」

「どうしたの？」コマンザタラは驚いた。「突然、感傷的になって。ダートは機械よ。

ジジは生命体だから、彼女に対しては罪を償わなければならないけれど」

両ザタラは黒い灰となって氷に沈んだ。いつの日か、氷のなかから蘇るだろう。

まだ数秒間、思考のコンタクトはつづいた。

コマンザタラはザータル＝オタラのことを考えていた。ファマチュカと名乗るかれは、生きのこった唯一の男性ザタラだ。ハンガイ銀河のどこかにいるが、コンタクトが途絶えてから、もう七百年近くがたつ。

「姉さん」ファカッガチュアは訊ねる。「再生したらなにをする？」

「いっしょに探しつづけるのよ。ザタラ種族が復興をとげるまで」

「すてきな夢ね、姉さん！」

コマンザタラの返事はもう、なかった。

# マゼランの宙賊

マリアンネ・シドウ

登場人物

ペリー・ローダン……………………銀河系船団最高指揮官
レジナルド・ブル（ブリー）……《シマロン》指揮官
グッキー………………………………ネズミ＝ビーバー
テトラン・カーム……………………高齢のグラド。マッセンジの富豪
ナラド・カーム………………………グラド。テトランの最側近で相続人
ナンドゥル・カーム…………………同。テトランの祖先
タッカルーア…………………………同。ナンドゥルの友人の科学者
ザディル・コーア……………………同。マッセンジ円卓会議のメンバー
ゴンタセト……………………………小柄なアルコン人
キャプテン・アハブ…………………スプリンガーの族長

# 1

「厄介ごとはごめんだ」グラドはいった。「きみたちとも、天の川銀河の支配者とも。きみたちが本当に平和目的でここにきたのなら、われわれを理解してほしい」

うせろ！　はっきりいえば、そういうことだ。ほうっておいてくれ！　きみたちが姿すら知らない敵の注意を、われわれに向けないでくれ。グラドはそういいたいのだ。

もっとも本当のことをいえば、グラドもこの敵を知らなかったのだが。

《ソロン》はすでに惑星アイシュラン＝ホを去っていた。これはかならずしもグラドの希望に応じたわけではないものの、かれらを多少は安心させた。《シマロン》はこの惑星にとどまっているが、グラドへの無用な刺激を避けるため、パテンベをはなれた。

パテンベはアイシュラン＝ホの首都で、大規模で往来のはげしい宇宙港があった。《シマロン》があらたな拠点としたマッセンジは、パテンベとくらべると田舎だった。

港はちいさくて古臭く、異人が迷いこむのは至極まれなことだった。
《シマロン》も《ソロン》につづき、アイシュラン＝ホを去ることがほぼ決まっていた。フェニックス＝1へ飛び、そこから過去のシュプールを探しにいく。この目的に役立つなにかが今後、アイシュラン＝ホで得られるとは思えないからだ。

　これはかならずしも、この惑星あるいはリシュタル星系に、さらなるシュプールが存在しないという意味ではない……ただ、グラドの明確な意向に逆らって、それを探すことは不可能に近いということだ。グラドはギャラクティカーをおっぽり出しはしないものの、積極的に助けようともしなかった。もっともグラドには、そうせずにいられない充分な理由もあった。リシュタル星系では尋常でないことがいろいろと起きていたのだ。それがこの数日間の出来ごとで明らかになった。惑星イッサム＝ユに未知者の拠点が見つかり、巨大でおぼろげな物体が惑星を去っていった……この謎の敵はグラドにとって、まわりが想像するよりもはるかに切迫した脅威だったのかもしれない。さらに悪いことに、ニッキ・フリッケルの誘拐事件が、すべての厄介ごとはギャラクティカーがこの惑星にいるせいだと、暗にしめす結果になってしまった。

　このような状況で、グラドがペリー・ローダンとその一行を一刻も早く厄介払いしたいと願うことを、だれが責められようか。

　ギャラクティカーはイホ・トロトの記録がのこされたメモキューブを発見した……そ

れで充分としなければ。このキューブをもとに、どこからでも調査を開始できる。だから調査のためにわざわざアイシュラン＝ホにとどまり、銀河系の謎の支配者の注意をこの惑星に向けさせる必要はなかった。

だが、かれらにはどうしても気になることがあった。それは、グラドがかかえる不気味な支配者への不安が、ヒステリックともいえるほど強いことだ。グラドは謎の支配者のことを、じつはもっとよく知っているのではないか。そう思えてしかたがなかった。グラドはそれを認めたがらないだろうが。

ペリー・ローダンもそう考え、アイシュラン＝ホに滞在することを選んだのだ……すくなくとも数日のあいだは。グラドは不安にかられ、ギャラクティカーをなんとか平和的に厄介払いしようと焦《あせ》るあまり、なんらかの情報をもらしてくれるかもしれない。そうもくろんでいた。

だがこれまでのところ、このもくろみどおりには進んでいない。

メモキューブも、だいぶ期待はずれの内容だった。

イホ・トロトのメッセージは短くて謎めいていた。よけいな修飾語をすべてのぞけば、のこったメッセージはたんに、かれが過去の柱を探す旅に出たというだけだ。この柱がどこにあるかを明言せず、そのほかの表現も率直さに欠けていた。まったくかれらしくない語り口だ。録音を強制されたと考えれば、かれが言葉すくなである説明になるが、録音からはそのような印象も受けなかった。

イホ・トロトがメッセージを披露した場所も謎のままだ。背景の建物も、宇宙船も、見慣れぬ異様なものだった。この記録の作成時、かれがどの惑星に滞在していたのかは突きとめられなかった。

メモキューブを調べた専門家の数人はフェニックス＝１にもどるべきだと考え、惑星サトラングを訪れることまで提案した。そこにはサナトリウムがあって多数の種族がおり、話ができないほど精神を病んだ者ばかりではなかった。そのなかのひとりくらいは、メモキューブにふくまれる画像に心当たりがあるのではと思われたのだ。

とにかく、アイシュラン＝ホでは謎は解けそうになかったし、グラドに協力など望めはしなかった。

以上がＮＧＺ一一四三年七月五日朝の状況だった。ペリー・ローダンは成果なく待ちつづけることに嫌気がさし、友からの強い要請もあって、アイシュラン＝ホをはなれる気持ちがほぼかたまっていた。

そのとき、かれを訪れる者があった。

*

訪問者はかなり高齢のグラドだった。そのたてがみは色を失い、あちらこちらで毛量もやや寂しくなっていた。だが、かれの目は澄んでおり、声は力強く、握手はそれだけでエルトルス人を屈服させられそうな強さだった。

握手はグラドのあいだではかならずしも一般的ではないが、テラナーに対してはもちろん、非常に礼儀正しい挨拶だ。このグラドの力まかせの握手は、異星の習慣をあやまって解釈した、誤解の産物かもしれない。

ペリー・ローダンは歯をくいしばってこの挨拶に耐え、すこし腫れあがった手を急いで背後にまわした。ローダンが突然の訪問の理由を訊ねると、かれはすこしかすれた声で自己紹介をした。

「わたしの名はテトラン・カーム。マッセンジの市民だが、わが種族の当局の態度を容認できないのです」

これはローダンにとって朗報だ。

「そこで、ある情報を伝えるため、あなたに会いにきました」テトラン・カームはつづけた。「それは大戦中を生きたわが祖先、ナンドゥル・カームの体験に関する情報ですが、興味はありますか？」

「もちろんだ」と、ローダンはいい、興味津々《きょうみしんしん》でかれが話しはじめるのを待った。だが、かれはいかにも慎重なグラドらしく、そうかんたんには情報を伝えない。

「わかりました」と、テトラン・カーム。「それでは昼ごろに、わたしの家におこしください。わが一族が数百年も前から守ってきた記録が家にある。それをごらんにいれます」

「それはよろこんで拝見したい」ローダンはいった。「何人か同行させてもよいか？」

「ひとりできていただきたい」テトラン・カームは事情を述べる。「わが一族はわたしとは違う考えなので。テラナーが突然、何人もわたしの家にあらわれたら人目を引く。わたしを面倒なことに巻きこみたくないでしょう？」

「もちろんだ」

「そういってくれると思いました。グライダーを迎えにやりますので、それでおこしください」

グラドはローダンに手を伸ばしてきた。かれは握手に応じるしかなかった。テトラン・カームを不快にはさせたくない。ローダンの右手の関節がぼきっという音をたて、好意的な笑みを浮かべていたかれの顔が大きくゆがんだ。だが、グラドはそれにほとんど気づかず、気を悪くすることはなかった。そして満足そうにその場を立ち去った。

ローダンは痛めた手をしげしげとながめ、ため息をついた。

「ぼかあ」グッキーが突然、かれの前にあらわれた。「きみにどうしても同行したいとは思わないけどさ……」

「どっちみち、わたしにひとりできてほしいそうだ」

「ならちょうどいいや」グッキーはつぶやいた。もちろん、かれはそれをわかっていっている。

「罠かもしれませんぞ」レジナルド・ブルも気になるようすだ。かれは部屋の外から、ふたりの会話を見守っていた。

「そうは思えないが」ローダンは否定しつつ、グッキーをみた。

「テトラン・カームはまじめに考えてるよ」と、グッキー。かれはもちろん、グラドをテレパシーで調べあげることを忘れなかった。

「それがどうした？」と、ブル。「同行者も認めずに、マッセンジの最果てにおびきよせるなんて、あやしいだろう」

「ということは、かれの家はもうわかったんだな？」

「それだけじゃありません」ブルは応じた。「テトラン・カームはとても豊かなグラドの商人で、宇宙船を何隻も所有し、あらゆる惑星と取引がある。かれは誠実で知られており、アイシュラン＝ホ全体とまではいかなくても、マッセンジではもっとも人望のある市民のひとりですよ。かれの一族は何世紀にもわたってここで暮らしている」

「いいことばかりじゃないか？」

「だからこそ、かれが選ばれたとも考えられます」ブルは指摘した。「ニッキ・フリッケルの件があった以上、用心するにこしたことはない」

ローダンはうなずいた。

「グッキーがわたしから目をはなさないさ」と、ローダン。

「まかせとけ！」グッキーがうけあった。

「わたしを連れていってください！」ブルは迫る。「ふたりで行ったほうがいい。わたしの同席が必要であることを、かれに理解させるんです」

「だめだ」と、ローダン。「あの男とトラブルになるようなことはひかえよう。われわれに情報を提供しようという人が、ようやくあらわれたのだ。大事にしたほうがいい。だから、わたしはひとりでいく」

ローダンは手に目をやると、肩をすくめた。

「あれだけの力があれば、多少のトラブルではびくともしないと思うがな」ローダンはつぶやいた。

＊

マッセンジは古い街だった……すくなくともアイシュラン＝ホに住むグラドの目からすれば。大マゼラン星雲にはもっと古くから定住がすすんだ惑星がいくつもある。マッセンジの歴史はかれこれ千年ほど。それほど古いわけではない。

それでも、マッセンジと新しいパテンベの街では大きな違いがあった。

アイシュラン＝ホは比較的若い惑星で、地殻変動がまだ非常に盛んだ。マッセンジはゲルカン大陸の最東端に位置し、グラドはこの街を、海岸沿いの切り立った山に築いた。これは危険な事業だった。海岸に面して連なる山々は、活発さに差はあるものの、活火山だったからだ。そのいくつかは急峻《きゅうしゅん》な島として海から突き出し、空に噴煙を立ちあげていた。熱帯のような気温と豊かな降水によって、火山島の険しい山肌はいつでも、あっという間に豊かな植生におおわれてしまう。ここの火山島の多くはその一部しか、あるいはまったく植物が茂っていないという事実は、警戒感をいやおうなく高めてくれる。マッセンジの目の前の火山も、いまのようにおだやかに煙をたなびかせていることは、めったになさそうだ。

　頻繁な噴火は、この街に影響をおよぼさずにはいなかった。マッセンジはその歴史のなかで、規模の差はあれ、かなりの数の災害に見舞われてきた。耐震性が高い建物にも限界があり、それを上まわる地震もしばしば発生した。だが、グラドはこの土地をはなれようとせず、あくまでこの地にとどまった。その結果、マッセンジではグラドが過去千年近くのあいだにたどった建築の潮流が、かなりよく俯瞰《ふかん》できた。

　それでも不思議とこの古都は、成長した統一体という印象をあたえた……都市という有機体が成長するかのように。無数の傷あとが刻まれた、節くれだった古木のような情緒を、この街はかもしだしていた。

テトラン・カームがよこしたグライダーは自動操縦ではなく、若い寡黙なグラドがパイロットをつとめていた。かれは客人に街とその周辺を案内するよう指示されたらしく、マッセンジの街なかや荒々しく入り組んだ海岸をゆっくりと周遊した。海岸では冒険好きなグラドが、さまざまな危険なレジャーに興じていた。ローダンは多様な建築物、煙をあげる島々を擁する海、そして冒険心あふれるこの街の住民たちを、感嘆をもって眺めた。かれはこの周遊を存分に堪能することにした。どうせ操縦士は雇い主の命令を無視する気はないだろうし、老主人の気分を害する理由もない。もしかすると、テトラン・カームはなにか特別な意図があって、この観光ツアーを用意したのかもしれない。

テトラン・カームの家は巨大な古城のようなたたずまいで、切り立った山の側面に築かれていた。数々の別棟が隣接して建っている。

グライダーは中庭に着陸した。若い寡黙なパイロットはローダンを、希少な植物を植えたたくさんの鉢が置かれた側庭へ導き、そこからひろびろとした部屋のなかに案内した。ガラス張りの外壁から、海と火山島の壮大な眺めを一望できる。

「ようこそおこしくださいました」テトラン・カームが挨拶した。かれはローダンを待ち受けていたようだ。「ささやかな周遊で、お疲れではありませんか？」

ローダンは飛行を楽しんだことを丁重に伝え、今回は握手をもとめられなかったことに、ほっとした。かれは豪華なごちそうがならんだテーブルに案内された。テトラン・

カームは上等な食事でもてなすことが欠かせないと考えているようだ。

若い寡黙なグラドも、低いクッションに腰をおろした。かれはテトラン・カームが食事に手をつけるまで、辛抱強く待っていた。

「こいつはナラド・カーム」軽い調子でテトラン・カームは紹介した。「傍系の孫のひとりです。この家でのわたしの最側近で、後継ぎであり相続人だ」

ナラド・カームはなにもいわなかった。かれは非常に注意深い印象だ。ローダンは思わず考えた。この壮麗な古城を舞台に一族のあいだで、外側からはわからないどんな陰謀と悲劇がくりひろげられているのだろうか、と。

しだいにローダンは、テトラン・カームはギャラクティカーと関わりあうことによって、ちいさくないリスクを冒しているのではないかと感じはじめた。

「きっとお気づきでしょうが、これはもちろん、公式の饗宴ではありません」と、テトラン・カーム。「わたしの一族が同席しないことを、どうか無礼や侮辱だと解釈しないでください。公式の招待では少々、さしさわりがあり、時間もかかる。ご理解いただけるとさいわいですが」

ローダンはうなずいた。

「ナンドゥル・カームの記録は」テトラン・カームはつづける。「一族の財産で……連綿とつづくわれわれの歴史の一端です。これをあなたに見せるというわたしの決断は、わたしが一族の長《おさ》であるかぎり、正当化できます。この記録をどうするかは族長の裁量にゆだねられていますから……もちろん、一定の範囲内でですが。だが、ナンドゥル・カームの歴史は部外者から否定的に解釈される可能性があり、そうなれば、わが一族の評判に傷がつきかねない。だから、わたしの後継ぎを同席させるのです。かれがわたしの座に着く日もそう遠くはない。そのときには、なにが起きたか頭に入っていないといけないので」

　ローダンはまたうなずいた……グラド内の慣行はかれらの私事だ。

「記録の内容をわたしにもらすことで、あなたになにか迷惑がかかりはしないか」ローダンは慎重に訊ねた。

　テトラン・カームは答えをすこしためらった。

「わたしは商人で」かれはついに口を開いた。「つねにわが一族の伝統を重んじ、わたしの責任範囲内のことだけを遂行してきました。だが、若いころは、わたしの興味はまったく違う方向に向いていた。その当時、わたしはわが種族の歴史を徹底的に調べ、ペリー・ローダンという名を知ったのです。アイシュラン＝ホの当局は天の川銀河のあらたな未知の支配者を恐れており、それは理解できる……だが、あなたはただのギャラクティカーではない。われわれグラドは、敬意と感謝をもってあなたに接する充分な理由がある。あなたはグラドのためにたくさんのことをしてくれ、数千年にわたって苦しんできた悪夢から、わが種族を解放してくれた。われわれ現代のグラドは、この暗黒の時代の記憶を、あまりにもかんたんに排除したがる。そうわたしには見えるのです。同胞の大半はこの記憶から逃げている。わたしは逃げない」

テトラン・カームはかれの後継者に短い視線をおくった。ナラド・カームは無言で食べかけの果物から手をはなすと、機敏に立ちあがり、大広間の奥へと消えていった。

「あなたがわが惑星にやってきて、過去についての情報をもとめるからには」と、テトラン・カーム。「できるだけの手助けをするのが、われわれの義務だとわたしは思うのです。あなたに昔の借りを返すためにわれわれにできることは、そう多くはないのだから。残念ながら、同胞の大半は違う考えで、それをわたしに変えることはできない。ほかの一族の記録をあなたに公開するわけにもいかない。でも、わが一族のささやかな記録はあなたに聞かせたい。それがあなたの助けになるかもしれないので」

「われわれの情報はあまりにすくないので、どんな些《さ》細《さい》な情報でも役に立つ」ペリー・ローダンは真剣に伝えた。

「わたしもそう思っていました。ただ、先祖の記録を見る前に、知っておいてほしいことがあります。マッセンジは当時、アイシュラン＝ホの首都でした。マッセンジの商人はこの地域でもっとも豊かでもっとも影響力が強かった。ナンドゥル・カームはそのひとりで、政治への大きな影響力を持っていました」

ローダンは黙っていた。かれはこれを聞かなくても、ナンドゥル・カームがしがない小店主だったとは思っていなかった。だが、テトラン・カームの意図するところはわかった。かれはナンドゥル・カームの名誉を汚されたくないのだ。

テトラン・カームの祖先は当時、なにをしたのだろう。ローダンはそれを本当に知りたくなった。

ナラド・カームがもどってきた。いくつかの機器を所定の位置に置くと、無言でまた低いクッションに腰をおろした。テトラン・カームは厳粛な面持ちでスイッチを操作した。

巨大な窓が遮光されていく。夕映えに赤々と燃える火山が、徐々にひろがる暗闇のむこうに消えた。すると画像があらわれた。

ナンドゥル・カームの記録が流れはじめた。

## 2

夜に大地が揺れ、高波が街の低い地域を水没させた。その爪あとはまだ、いたるところで目についた……会議ホールの前の階段にも藻や泥がたまり、野生のアマツバメが海の生物の死骸を奪いあっていた。

ナンドゥル・カームは動物たちを気にとめもせず、階段をなんとかのぼりきった。すこし息を切らせていた。それは太りすぎのせいもあったが、空気中に噴煙が充満していたためでもあった。

会議ホールのなかは快適な涼しさで、かれはすぐに元気をとりもどした。

ときおりかれは、自分の祖先はなぜ、よりによってこんなきびしい自然環境の惑星に住みついたのかと疑問に思った。もっとおだやかな惑星がほかにあったし、カーム一族はとても裕福だったのに。

ナンドゥル・カームはその朝、〝マッセンジ円卓会議〟の会議室のいちばん乗りだった。席はまだすべて空いていた。部屋の後方で若いグラドがひとり、さまざまな器具を操作している。ナンドゥル・カームはそれに目も向けず、自分の席へと向かった。ため息をつきながらクッションに身を沈めると、機器のスイッチを入れた。

弱小惑星からきた頭のおかしい商人が、マッセンジの当局を相手にけんかを売った。かれはアイシュラン＝ホを去るよう勧告されたが、船に技術的な欠陥があるため、離陸できないと主張した。しかもかれは商品を売らないと、必要な修理代もはらえない状況だった。ところが、その商品の価値はあまりに低く、積み荷をすべて売りさばいても、その売上金は修理費用の半分にも満たないとのこと。それを商人に告げると、かれはとり乱し、銃を乱射した。結局、重傷を負って現在、入院中である。

ナンドゥル・カームは商人の宇宙船を、積み荷もろとも競売にかけるよう命じた。商人が支払うべき損害の賠償金をさし引いても、この異人が故郷の惑星にもどる渡航費用には充分な額となるだろう。

この件よりはるかに深刻だったのが、グラドの宇宙船に関する報告だ。あらゆる予防策にもかかわらず攻撃され、戦闘に巻きこまれたというのだ。

大マゼラン星雲には宙賊がいる……それは昔から知られていた。だが最近、その行為はこれまでとはくらべものにならないほど激化し、目にあまるものがあった。

宙賊たちは、どの船を襲撃すれば利益になるかを、あらかじめ見きわめているようだった。いちばんの目当ては武器と技術機器で、必要に応じて貴重な原材料も狙ってくる。

ところが、宙賊に悩まされるだけでも充分なところへ、さらにべつの種類の戦いも、大マゼラン星雲一帯でくりひろげられるようになった。

しばらく前から、異星の宇宙船が頻繁に姿をあらわすようになり、その乗員はことごとく敵対関係にあった。多数の宙航士の報告によると、これらの異星の船は、局部銀河群のいたるところを航行している……そして、いたるところで戦っているという。

当事者同士で決着をつけてくれるなら、グラドは無関心でもいられただろう。しかし、かれらは巧妙に他者を、自分たちの争いに引きずりこんだ。

ハウリ人とカンサハリヤ……グラドはその名を最近、知ったばかりだ……の船団はどれも、たがいを駆逐しようと、局部銀河群のいたるところで容赦ない戦闘を展開した。厄介この上ない集団だった。さらに最近、非常に高度な技術を持つ、ある種族の小部隊も戦いにくわわるようになった。この種族はこれまでだれも見たことはなかったが、その名前は知られていた。カンタロだ。

これらの異人がみな大マゼラン星雲で、激戦をくりひろげていた。グラドにはこの争いの理由がわからなかった。異人たちには、この宙域で失うものはなにもなく、したがって、守るべきものもなかったからだ。かれらはここでなぜ、強引に対決しようとするのだろうか。この広い宇宙空間では、たんにすれ違うほうが、はるかにたやすいというのに。

グラドには、この戦闘の本当の意味を知るものはなかったし、いつかそれがわかるという望みもほとんどなかった。

ハウリ人も、カンサハリヤと呼ばれる種族同盟のメンバーも、その動機に関する情報をあたえてくれようとはしなかったし、謎の多いカンタロはいうまでもない。そもそも、カンタロについてはなんの情報もなかった。一方、ハウリ人やカンサハリヤのメンバーはすくなくともあちこちで、支離滅裂な無線通信……狂信的な挑発や憎悪に満ちたアジテーション……を発していた。グラドにとっては荒唐無稽な内容だったが。

これまでこれらの戦闘は、遠くはなれた宙域で発生していた。グラドは争いに関わらないようにつとめ、おおむねうまくいっていた。

ところが最近、グラドが移住した惑星も、争いに巻きこまれることが増えてきた。それだけではない。戦いの舞台がどんどん、リシュタル星系近傍へとうつってきているのだ。

ナンドゥル・カームは、憂慮の面持ちでこれらの報告に目を通した……そのとき、かれはあるメッセージに気がついた。それは、現在のこの状況になんらかの関係がありそうな内容だったが、あまりに謎めいていたため、かれはどうあつかっていいのかわからなかった。

そのメッセージには、こうあった。

「ナンドゥル・カーム、マッセンジ円卓会議のメンバーとして、このきびしい時代にきみの種族を助け、きみの友を助け、かつ、きみの富を増やすことに興味があるなら、メッジャーロにきてザンの遺跡でわたしに会うがよい。ある友より」

ナンドゥル・カームはもちろん、富を増やすことにはつねに興味があった……かれはやはり商人だから。さらに、かれはグラドとして……また、自身のプライドにかけて……たとえ自分が厄介ごとをしょいこもうとも、つねに友を助ける用意ができていた。みずからの種族を助けるためなら、なんでもする。かれはそういう男だった。

しかし、どの友を助けるというのだろう？

このメッセージの送り主はなぜ、自分の名前をいわないのか？　せめて種族ぐらい、いってもよさそうなものだが。

ナンドゥル・カームは、この未知の者が会おうといった場所を調べてみた。

メッジャーロはおもしろみのない恒星の、輪をかけておもしろみのない唯一の惑星だった。ザンの遺跡はこのわびしい恒星系で唯一、注目に値《あた》いするものだった。非常に古い遺跡だが、だれがいつ建設したか、知る者はいない。二百年以上前にテラナーの科学者グループが、この惑星を訪れて名前をつけ、遺跡を徹底的に調査した。だが、重要性をしめすものはなにひとつ見つからず、かれらは惑星をあとにした。

ただ、それがテラナーの科学者だったことが、ナンドゥル・カームには引っかかった。

かれはさらに、メッジャーロに関係するあらゆる情報を綿密にチェックした。その結果、かれのある疑いが確信にかわったのだ。

惑星メッジャーロとその恒星は薄暗く目立たないことから、だれも関心を持たなかった。数世紀前のこと、グラドの宇宙船がこの惑星に不時着した。宙航士は船の修理にかかった期間しか、この惑星に滞在しなかった。それでも遺跡の存在に気づき、帰郷後にそのことを報告した。だが、遺跡があまりに貧弱だったため、グラドは徹底的な調査は必要がないとみなした。

こうしてメッジャーロは発見された直後に、また忘却のかなたに葬られていた……例のテラナーが訪れるまでは。やってきたのはテラナーの考古学者のちいさなグループで、純粋な科学的興味をいだいたまじめな若者たちだった。かれらはあるグラドから、この薄暗い荒涼とした惑星に遺跡があることを聞き、すぐに飛んできたのだ。そのグラドの名はレーベン・グル。その昔、この惑星に不時着した宙航士の遠い子孫だった。

それ以外にメッジャーロを訪れた者はなかったし、あの熱心な若いテラナーたちがアイシュラン＝ホに報告した、乏しい調査結果に関心をよせる者もいなかった。そのため、この惑星の名前が知られることもなかったのだ。にもかかわらず、その名を知っているということは、メッセージの送り主は、グラドかテラナーの記録資料に目を通した者にちがいない。

*

その朝、会議ホールにあらわれたのは、円卓会議の十三名のメンバーのうち、十名だけだったが、みな不機嫌な表情だった。気が進まぬようすで、うれしくないことばかりの報告を聞いていた……いくら憂慮してもどうしようもないことが多すぎて、だれもが気が重かったのだ。

見知らぬ者からの奇妙なメッセージについては、かれらはなにも知らなかった。それはナンドゥル・カームだけに宛てられていたからだ。これも妙な話で、ナンドゥル・カームは実際のところ、メッセージがかれ個人にあてたものなのか、円卓会議にかけるべき案件なのか、判断しかねていた。

さんざん迷ったすえ、かれはこのメッセージを公式の案件とみなすことにした。

その内容を耳にすると、ほかのメンバーは関心をよせた。

「メッジャーロはどこにあるんだ？」ザディル・コーアが訊ねた。

ナンドゥル・カームはその場所とともに、この惑星について自分が調べたことも説明した。

「ということは、この未知の者はテラナーかもしれないな」ナンドゥル・カームの期待どおり、ザディル・コーアもそう予想し、さらに考えこみながらつけくわえた。「この種族のことは最近、ほとんど聞かないな」

この瞬間まで、ナンドゥル・カームはその点に思いいたらなかった。かれはメッジャーロという惑星に調査の主眼を置き、テラナーがもうこの惑星に関わらなかったことを確認したが、それ以上のことは考えなかった。

たしかに不思議だとかれも感じ、調査を依頼した。しばらくして画面を見たかれは、愕然とした。ほかのメンバーを見ても、だれもが信じられないようすだ。

何年も前から、テラナーの訪問者は記録されていなかった……アイシュラン＝ホだけでなく、訪問が考えられるどのグラドの惑星でも。それだけではない。天の川銀河に向かって出発した船の何隻かが、行方不明になっていたのだ。

「いまは不確かな時代だから」長い沈黙のあと、リパール・シャドはいった。「われわれの情報がきっと不完全なんだ。テラナーはどこかほかのグラドの植民惑星に行ったんじゃないかな。その情報がわれわれに入っていないだけだろう」

ナンドゥル・カームは、この見解についてみずからは意見せず、それぞれの考えにまかせた。

アイシュラン＝ホは大マゼラン星雲の、天の川銀河に面した外縁部に位置し、この宙域でもっとも重要な商業惑星だ。テラナーが……もしきたとしたら……アイシュラン＝ホでまったく気づかれずに、どこかほかのちいさなコロニーに向かうことは、まずありそうにない。

「われわれは宇宙ハンザと公式につながりがある」と、ザディル・コーア。「あの組織のおもなうしろだてはテラナーだ。だから何人かはここにいたはずだ」

「さらに調べてみよう」ボロン・カーがいった。かれの意見はたいてい決定的な影響力を持つ。「以前、ペリー・ローダンをはじめとするテラナーの要人が何人も、忽然《こつぜん》と姿を消したという話があったが、あれは三十年も前のことだ。現在、テラナーがひとりも、われわれのところにきていないとは信じがたい。ハンザ商館に問いあわせてみよう……いくつもあるから、なにかわかるだろう」

　この提案にだれも異論はなかった。

「あの奇妙なメッセージについては」と、ボロン・カー。「ナンドゥル・カームに調べてもらおう。メッジャーロに飛んで、この友とおぼしき者がだれなのか突きとめてくれないか、ナンドゥル・カーム。そのあとでまた、どうするか考えよう」

　ナンドゥル・カームはこの決定を望んでいた。その日のうちに、かれは出発した。

# 3

さび色の礫《れき》砂漠が南北の方向へ、地平線までひろがっていた。西と東には古い山脈がそびえている。山並みはなだらかな稜線《りょうせん》を描くものの、標高はもっとも高いところで、まだ八千メートルを超えていた。これらの山脈が回廊を形成し、そこを通って北極からの氷のように冷たい風が、赤道付近まで妨げられることなく吹きぬけた。その風に絶え間なくさらされて、砂漠は風化が進んでいる。すこしでも上方にある石は、どれも風に削られた彫像だった。すでに一帯は起伏がすくなくなっており、風がいつしかこの広大な砂漠全体を平原に変えてしまうだろう。

砂漠をおおう空も、赤茶けた色をしている。ただし、この色を生む薄雲は、水滴や氷晶ではなく、からからに乾燥した塵《ちり》でできていた。

この惑星メッジャーロには、水は一滴もないようだった。

そして生命も、ここには存在しなかった。

ナンドゥル・カームはこの荒れ地を、不快な気持ちで眺めていた。いやな惑星だと思った。

宇宙船の着陸場所から数百メートルはなれたところで、山脈のひとつに渓谷が開けていた。この谷は砂漠のように荒れ果てていたが、その北の端に、標高の高い山々に守られるように、ザンの貧弱な遺跡がそびえていた。遺跡の横には一隻の宇宙船があった。その構造は奇妙でちぐはぐな印象をあたえ、外観からは出自はわからない。まるで、十隻以上の出自が異なる宇宙船の残骸を、つなぎ合わせたかのように見えた。

外部センサーが忠実にデータを伝えると、ナンドゥル・カームの不快感は明らかな嫌悪感へと高まった。

外気温はとてつもなく低く、空気は薄く乾燥しており、酸素をほとんどふくんでいなかった。

「まあよい」ナンドゥル・カームはようやくつぶやいた。「むこうが動こうとしないなら、われわれが動くしかないな。ヒラス、ガダル、クルン、きみたち三名が同行してくれ」

まだ若いが経験充分な三人は、冒険心を表に出すことなくおちついた対応を見せた。無言で足早にその場をはなれると、移動の準備にかかった。ナンドゥル・カームはかれらとエアロックで合流。宇宙服に身をつつんだ三人は、見た目にはわからないが武器を所持し、すぐに投入可能な状態にしている。

それを踏まえ、ナンドゥル・カームはこう強調した。「われわれはここで友に会おうとしている。偽りの友かもしれないが、その証拠がないうちは慎重に行動してくれ。挑発しないようにな！」

三人は両手をあげると、てのひらを前に向け、平和的な意図をしめしてみせた。宇宙服のなかでは寒さも空気の薄さも感じることはなく、嵐でもまったく平気だ。それでもナンドゥル・カームの心は不快なままだった。

地面は足場が悪く、歩くのに苦労した。足もとの石がしばしば崩れた。ブーツの下から舞いあがった砂ぼこりが暴風に運ばれていく。光はぼんやりとして薄暗かった。

ザンの遺跡は間近で見ると、《マッセンジ》の画面で見るよりも、いっそう貧弱に見えた。メッジャーロがかつて独自の生命を宿していたことをしめすものはなにもない。もし宿していたとしても、それはあまりに昔のことで、当時の建造物は……ここに知的生命体が存在していたらの話だが……とっくに崩壊しているだろう。逆にメッジャーロの住民が、現在でも確認できる状態で遺跡がのこるような建築方法を知っていたとしたら、遺跡はこれひとつではなかったはず。

ザンの遺跡を建設したのは宙航士にちがいない……だとすると、その宙航士はこんな荒涼とした惑星で、なにを探していたのだろうか。

ナンドゥル・カームの目には瓦礫《がれき》の山にすぎないこの遺跡を、テラナーたちは時間をかけて発掘調査し、みごとな復元図を完成させていた。かれらは瓦礫の下に、岩石を溶かしかためてつくられた城壁の残骸を発見した。そして平面図とこの残骸の傾斜角度から、かつての建物のかたちと大きさを割り出したのだ。

はるか昔、この場所には百メートル近い高さの塔がそびえ立ち、塔には細長い狭間《はざま》に似た窓があった。塔をかこむように箱形の建物が六棟、建っていた。それぞれ高さは十メートルほどで、壁がやや内側に傾斜していた。

施設群は全体的に無骨で角ばった印象だ。城壁は非常に厚く、窓はせまくて高い。扉はまるで巨人のためにつくられたかのように大きかった。建物どうしをむすぶ舗装された道の跡が発見されていたが、その道のわきには、高さが五メートル近い、岩石を溶かしかためた塊りがいくつもあった。不規則な間隔で立っていて、その意味や目的はわかっていない。城壁のひとつが施設群をとりかこむ。その厚さは土台部分で七メートル近くあり、上に向かって薄くなっていた。城壁の上端部には忍び返しの鉄串がならびたち、それは城壁の外壁全体にめぐらされていた。

薄暗い山々を背景とし、赤茶けた空の下にそびえる復元図の施設群は、じつに不気味に見えた。ナンドゥル・カームはこの遺跡をのこした者の手がかりを探ってみたが、成果はなかった。かれらがどこからきたのか、どの種族なのか、メッジャーロでなにをしていたのか、だれにもわからない。無数の鉄串が突き出た不気味な城壁は、かれらがなにかを恐れていたことを示唆《しさ》している。敵から守るために建設されたのだ……その敵とはだれだったのだろう？

　空気も充分にない、資源もまったく期待できないこの不毛な惑星で、このような城壁に攻撃をかけることを前提とすると、どのような敵が考えられるだろうか。

　それは謎であり、きっとこれからも謎のままだろう。

　だが、かれらはザンの遺跡の謎を解くためにここにいるわけではないし、ナンドゥル・カームの心はこの謎にも動かされそうになかった。もし、なかにお宝が眠っているといわれたら、この廃墟に勇気をだして足を踏み入れたかもしれないが、そうでもなければごめんだった。ここにこなければよかったとさえ思った。この廃墟が不気味だったからだ。どうしてそう感じるのか、かれにもわからない。とにかく、警戒が必要な気がしたのだ。

　その気持ちをかきたてたのは遺跡ではなく、あの未知の宇宙船かもしれない。

　奇妙な船だった。

　間近で見ると、ナンドゥル・カームが《マッセンジ》の船内で予想していたことが、はっきりと確認された。この船は……実物はおせじにも船とは呼べないしろものだったが……ありとあらゆる部品を組み合わせてつくられており、その半数は〝スクラップ〟のたぐいだった。

ふくらみの強い球面レンズのような形状で、底部はたいらだった。直径は五十メートル強、高さは三十メートルほど。この構造物の外観について、明確に説明できるのはそれだけだった。

「なんだこりゃ！」ヒラスはいった。「どうやってなかに入るんだ？」

ナンドゥル・カームにもわからなかった。

この船は、まるでだれかが宇宙船の整備工場にあるもっとも暗いゴミ捨て場を漁《あさ》り、分別のある人なら使わないようなものをかき集め、むやみやたらに溶接したかのようだった。そのだれかは、最終的な全体像をすこしも考えていなかったようだ。まだ字も読めないナンドゥル・カーンの末の孫でさえ、大好きなパーツを組み合わせ、美しい船の模型をきちんとつくりあげるというのに。

とほうに暮れて、かれらは宇宙船の周囲を歩きまわった。船の反対側にまわると、三つのエアロックが隣接して設置されているのが目に入った。

ヒラスが最初のエアロックの開閉機構を操作すると、すぐに開いた。ところが、なんとハッチの奥に壁がある……これではエアロックとしての用をなさない。もし、この妙な宇宙船の持ち主が、訪問者をだますためにつくったのであれば話はべつだが。

ふたつめのエアロックはまったく動かない。三つめを操作すると、ハッチが地面に向かってかたむきだした。グラドはあわててうしろにさがった。耳ざわりなきしみ音を外部マイクロフォンがとらえ、つづいてなにかがはげしくぶつかる音がした。エアロックのハッチが落下したのだ。

「人をからかいやがって！」ガダルはののしった……三つめを操作したのはかれだった。

「ばかばかしい。もう、引き返しましょう。どうせこんなところにいるやつらと、まともな話し合いができるわけがない！」

ナンドゥル・カームの考えは、ガダルの提案を受け入れ、《マッセンジ》にもどるほうにかたむいていた。

がっかりだった。奇妙なメッセージに誘導されてメッジャーロまでやってきた。さまざまな期待を胸にやってきたのだ。種族を助け、友を助ける……そしてなにより……商売繁盛。見知らぬ送り主はいろいろと約束してくれたが、どうも守ってもらえそうにない。

　こんなできそこないの宇宙船で飛びまわるようなやつに、なにを期待できようか。こんな居心地の悪い惑星まで自分で呼びつけておいて、客人に挨拶すらせず、このありえない船のなかに案内する気もないようなやつだ。

　かれは同行者に、中央のエアロックをもう一度ためしてみるよう合図を送った。最後に念のため、せっかくの機会を逃していないか確認しておきたかったのだ。

　無口なクルンがエアロックに登り、ためしてみたが、やはりだめだった。万事休す。

「よし」ナンドゥル・カームは苦々しそうにいった。「引き返そう。まだ数時間はメッジャーロにとどまることにする。例の友とやらに考える時間をやろう。それでも連絡がなかったら、この星を去るぞ」

これ以上、もの笑いの種になるのはごめんだ。そう心に決め、かれは船に背を向けた。最初の一歩を踏み出そうとしたときだった。かれの耳に、身の毛もよだつ音が聞こえてきた。

「なんの音だ？」ヒラスも驚いた。

ナンドゥル・カームは口の前にかぶさったたてがみを、せっせと吹き飛ばしていたので答えられなかった。

「しのび笑いだ」ガダルが冷静な口調でいった。

「笑わせてもらったぞ！」うす気味悪い声がささやいた。

ナンドゥル・カームは振り返り、宇宙船をじっと見た。

「そう、そのとおりだ、ナンドゥル・カーム」声はささやく。「わたしはこのなかだ」

「きみはだれだ？」ナンドゥル・カームは訊ねると、口のなかに毛が入りこみ、怒って吐きだした。

「観察させてもらったぞ」ささやき声は淡々とつづけた。「きみたちのお手並みを拝見したのだ。あまり手慣れていないようだな」

「名をなのれ！」ナンドゥル・カームは要求した。

　なぞの声は気にするようすもなく、あざわらった。「かんたんなエアロックも開けられないとはな。商売も下手《へた》なんじゃないか？　これじゃあ、きみたちと取引をしてもしかたないな」

「出てこい！」ナンドゥル・カームは激怒した。商人としての名誉に触れることを、かれは許さなかった。「実力を見せてやるから、姿をあらわせ！」

「きみは短気だな」と、なぞの声。「自制心がなく、感情的だ。商人には不向きだ」

「きみ……」ナンドゥル・カームは怒りで息がつまり、声をだせなかった。

「わたしは短気じゃないので、きみに二度目のチャンスをやろう。こんどの挑戦では、もっといいところを見せてくれよ。なかに入れ！」

　するとエアロックが開いた……左側だった。奥にあった頑丈な壁は、たんなる見せかけだったようだ。

＊

　ナンドゥル・カームは当然、宇宙船の内部も外観のように混沌としていると予想していたが、それは思い違いだった。この未知者は何度も驚かせてくれる。

　この空飛ぶがらくたの山は、みすぼらしい船体の内側に重厚な、豪華ともいえる生活空間をかくしていた。もっとも、この贅沢を享受できる乗員はあまりいないようだ。一行が船のなかを進むあいだ、生命体に出会うことはなかった。

　だが、すくなくともあの声の主はいるはず。

「そこを右だ」なぞの声はささやいた。「右がどっちだかわかるな？」ナンドゥル・カームは、この〝友〟とやらに仕返しをしてやりたかったが、まだ時間はあると自分にいい聞かせた。取引が完了してからでも遅くはない。声に導かれ、ようやく見つけたドアからなかに入ると、見知らぬ男が目の前にあらわれた。

　声の主について想像を働かせていたグラドたちは、かなりがっかりした。この男はまちがいなくアルコン人だ。ナンドゥル・カームはこの種族をよく知っていたので見きわめられたが、男はどのグラドがこれまで目にしたなかでも、もっともちいさいアルコン人だった。身長はせいぜい一メートル半。そのうち、すくなくとも二十センチメートルは、入念に逆立ててふくらませた髪形の高さだった。人形のような顔には化粧がほどこされ、耳たぶは金のイヤリングの重みで下顎あたりまで垂れさがっていた。赤、金、緑青《ろくしょう》色の気どった服を着ている。胸には勲章がいくつもぶら下がっており、動くたびにぶつかりあい、鉄琴のような音をかなでた。足には金銀の糸で刺繡がほどこされたむらさき色のスリッパを履いていた。

宇宙船の所有者というよりは、どこかの狂った支配者の宮廷道化《どうけ》師のようだった……もっとも、この船のことだから、なにか特別な事情があるのかもしれないが。

「わたしの名はゴンタセト」どうやら道化師ではなさそうだ。「やっとわたしを見つけられてよかったな。すわってくつろいでくれ。きみたちを賓客としてもてなそう」

　この男は自分をからかっているのではないか。ナンドゥル・カームには、なぜかそう思われてならなかった。奇妙な高いささやき声、容姿、あの身なり……すべてが不自然でうさんくさい感じがした。

　こんなちいさなアルコン人が存在するのだろうか？

　もしかしたら、この侏儒《しゅじゅ》はアルコン人ではなく……まあ、とにかく、べつの種族かもしれない。

　ゴンタセトがわざとらしく手をたたくと、すぐにちいさなロボットがあらわれ、料理と飲み物を運んできた。とても仕事熱心なロボットだった。

「きみはわたしと取引をしたいんじゃないのか」ナンドゥル・カームは、男の不審なもてなしに応じようとしなかった。「そちらをすまそう。わたしは急いでいるのだ」

「客としての義務もはたせないほど急いでいるのか？」ゴンタセトはあざけるように訊ねた。「ずいぶん無作法だな、ナンドゥル・カーム。きみたちグラドがそんな無礼者だとは知らなかった。だが、マナーは守らないとな。礼儀なくして、ビジネスはなしだ」

ナンドゥル・カームは観念し、グラドのあいだでも周知の礼儀にしたがうことにした。かれは腰をおろし、同行者にもくつろぐよう合図した。ロボットがさしだした飲み物は妙な匂いがした。いぶかしそうに匂いを嗅《か》ぐグラドを見て、ゴンタセトはほほえんだ。その笑みも、グラドを信用させるにはたりなかった。

グラドたちは慎重に味を見ると、グラスをテーブルにもどした。

「さあ、料理だ」ゴンタセトは命じた。

グラドはみな、ひと口かふた口しか食べなかった。ナンドゥル・カームは食事中も侏儒から目をはなさなかったが、ゴンタセトの視線には好奇心と嘲笑しか感じられなかった。

このちびの男が、ナンドゥル・カームを毒殺するためだけにメッジャーロにおびきよせたとは思えなかった。

でも本当にそうだろうか？

この困難な時代、自分の置かれている状況はまったく読めない。マッセンジの円卓会議では、ナンドゥル・カームの意見は重視されている。もしここで自分の身になにかあったら、まずい事態になりかねなかった。

「料理も飲み物も充分にいただいた」と、ナンドゥル・カーム。「やっと話ができるな！」

「なぜそんなに急ぐのだ?」ゴンタセトは訊ね、ロボットに合図を送った。「音楽だ!」

「とんでもない、やめてくれ!」

遅かった……

かくれたスピーカーから、奇妙な楽器の音がもれてきた。まるで地獄に落とされた者の魂が、われがちに嘆き悲しむかのような音だった。

ナンドゥル・カームは歯ぎしりをした。遠慮なく音をたてて……どうせ音楽でかき消されてしまうから。音の拷問がはじまって数分たったが、ゴンタセトは口を開こうとしない。ナンドゥル・カームは叫んだ。「話をしよう!」

「なんだって?」ゴンタセトは叫びかえし、両手を耳に当てた。「いってることがわからない。音楽がうるさくて!」

「だったら消せばいいだろ、そんな音!」

だが、ゴンタセトはそうは思わなかったようだ。快適そうな肘かけ椅子にもたれ、グラスをちびちびとなめながら、音楽に耳をかたむけている……うっとりと。

いまにみてろ、とナンドゥル・カームは思った。きっと仕返ししてやるからな!

おぞましい嘆きの音楽は、永遠につづくかと思われた。ナンドゥル・カームはもう、いまにも同行の三人をこの船から連れだしそうになっていた。宇宙からの謎めいたメッセージも、もうきっぱりと忘れてしまいそうだった。

しかし、突然、騒音がやんだ。

「よかろう」ゴンタセトは椅子にもたれかかっていた上体をおこし、グラスを無造作にうしろへ投げつけると、鋭いまなざしでグラドたちを見つめた。「そろそろ本題に入ろう。よろしいか？」

「もちろんだ」ナンドゥル・カームはいった。「きみのメッセージは……」

「わかっている」ゴンタセトがさえぎった。「くり返さなくていい」

ナンドゥル・カームにそんなつもりはなかった。

「わたしはきみたちに魅力的な申し出をした」ゴンタセトはつづけた。「もっと正確にいえば、きみにだ、ナンドゥル・カーム。そうだったな？」

「自分でおぼえていないのか。それなら……」ナンドゥル・カームは語気を強めた。

「きみこそ、おぼえていないようだな！」ゴンタセトがさえぎった。「わたしはきみに呼びかけたのだ……ほかのだれでもない、きみに。それなのに、きみは巨大な宇宙船で轟音《ごうおん》をたててやってきた。われわれが会う場所を秘密にしようともしない。それどころか、同行者を三名もわたしの宇宙船に引っぱりこんだ。そのくせ、わたしがすぐに両手をひろげて歓迎しないと、あやしんだだろう？」

「ど、同行者なしできてほしいとは知らなかった」ナンドゥル・カームは驚いて言葉がつっかえた。ゴンタセトの声が突然、変わったからだ……刺すようにしんらつで、命令口調だった。「なら、そういえばよかっただろう！」

「そうか？」ゴンタセトは嘲笑した。「きみなら充分、理解できると思ったが。それはともかく……わたしを見ろ。わたしの仲間は何人いる？」

「知るわけないだろう。この船はきみの仲間だらけなんじゃないか」

「だが、ひとりも見てないだろう！」

「それはそうだ」

「ならなぜ、せめて仲間をドアの外に待たせておかなかった？」

「迷惑なら、外に出そう」と、ナンドゥル・カームは約束したものの、躊躇《ちゅうちょ》がないわけではない。

かれは徐々に、ゴンタセトがどうもまともではないと感じはじめていた。こんな奇妙な宇宙船で、この狂人とひとりで向きあうと思うと、気持ちよくはなかった。

「いやいや、けっこう」と、ゴンタセトは断り、こんどは泣きそうな声を出した。「もう入ってしまったんだから、ここにいればいい。どうせ、この件はものにならないし。きみはどうも、わたしの申し出の重大さを理解できるほど賢くはなさそうだ」

いいかげんに、そのあやしい申し出を白状したらどうなんだ！

「ばかで悪かったな」感情をおさえ、ナンドゥル・カームはいった。「でもそろそろ、その奇妙な申し出について話してもらえないか」

「そうはいかない」ゴンタセトはうかがうような目つきをした。「まず、きみが必要な権限を持っていることをたしかめないとな。どうなんだ、おい？」

「メッセージはわたし宛てだった」ナンドゥル・カームは冷たく応じた。「マッセンジの円卓会議全体ではなかったろう。だったら、わたしでがまんするんだな」

「いやだといったら？」

「なら、よせばいい」

「ほんとうにひとりで仕事をしてくれるのか？」

「よく聞け！」ナンドゥル・カームは声を荒らげた。「もうきみと取引したいかどうかも、わからなくなった。茶番はもうたくさんだ。話すか、やめるか、どっちかにしろ。いますぐここで、わたしになにをしてほしいかいわないのなら、わたしは去る」

「では、円卓会議のべつのメンバーに声をかけよう」ゴンタセトは嘲笑した。

「勝手にしろ。だが、うまくいくと期待しすぎるな。われわれグラドは意味もなく、このあたりをうろついたりしない。わたしが今回の旅について報告すれば、だれもきみのメッセージなど相手にしないだろう。ヒラス、ガダル、クルン、行くぞ！」

三名の若いグラドは、いそいそとドアへ向かった。うんざりしていたかれらには、うれしい命令だった。

「待て！」ゴンタセトはあわてて叫んだ。「せめて、わたしの申し出を聞く気はないか？」

「チャンスはあったのに、きみは意味のないおしゃべりでむだにした。もう手遅れだ」

「きみたちに、ある種族の技術遺産をやるといってもか？」

ナンドゥル・カームは立ちどまった。すでに外の通廊に出ていたヒラス、ガダル、クルンが振り返ってかれを見る。

「どの種族のことだ？」ナンドゥル・カームはゴンタセトを見ようとせずに訊ねた。

「残念だが、種族の名はいえない」と、ゴンタセト。

「なぜ、いえない？」

「秘密だからだ」

「そんなことだろうと思った」ナンドゥル・カームはせせら笑った。「よい旅を祈る」

「まて！　この取引は……」

「好きにしろ。わたしは礼儀正しすぎて、さしでがましいことはいえないからな」と、ナンドゥル・カームはいい、歩きつづけた。

「とても強大な種族で、とてつもなく豊かで、技術も高度に発展しているんだぞ！」ゴンタセトはけたたましい声で叫んだ。

ナンドゥル・カームは立ちどまり、振り向いた。

ちびのアルコン人……かどうかはともかく……は腕をはげしく振りまわしながら、急いでかれを追いかけてくる。

「技術が高度に発展だと？」ナンドゥル・カームは訊ねた。「その技術的な財産をごっそり巻きあげようというのか？　そんなことできるわけないと自分でも思わないか？」

「できるんだ！」ゴンタセトはいい張る。「われわれはあの異人に打ち勝ち、追いはらうことができる。かれらがのこしていくものはすべて、きみたちのものになる！」

「きみがいいとこどりをしたあとの、のこりだろう」と、ナンドゥル・カーム。「だめだ、ゴンタセト、無理だ」

「わたしはなにもいらない！」ゴンタセトはいい返す。

ナンドゥル・カームはかれをじっと見て、考えた。

この話はどうも気にくわない。ゴンタセトは頭がおかしいか、ずるがしこいかのどちらかだ。きっと、わたしをなにかに巻きこもうとしている。わたしがけっして関わりあいになりたくない、なにかに。

「打ち勝つだの、追いはらうだの」と、ナンドゥル・カーム。「相手はだれなんだ？　だれを追いはらうというのか？」

「それはいえないといったはずだ！」

「なぜだ？　だれに口どめされている？」

するとゴンタセトは妙におちつかないようすを見せ、ナンドゥル・カームをじっと見つめた。答えをどうするか考えるため、いったん間を置くかのように。

「天の川銀河のことだ」ついにゴンタセトはためらいながらいった。「あそこで住民たちは重大な問題に直面しており、緊急に助けが必要なのだ」

「天の川銀河で？」ナンドゥル・カームは怪訝《けげん》そうに訊いた。「それがわれわれとなんの関係がある？」

「大ありだ」と、ゴンタセト。「もうすっかり忘れたのか？　ギャラクティカーがきみたちのためにしてくれたことを」

「ギャラクティカー……テラナーのことだな。より正確にいえば、テラナーのひとり、ペリー・ローダンだ。いや、忘れたりしていないぞ。それとこれとがどういう関係なのだ？」

「きみたちには助ける義務がある」

　ナンドゥル・カームは笑った。

「そうか？」かれはあざけるように訊き返す。「われわれ自身のことでさえ手を焼いているのに、まして天の川銀河全体なんて……自分たちの厄介ごとだけで、もう充分だ。わが惑星の周辺では、いたるところで戦いがあり、異人がうろつきまわっている。あのいまいましい宙賊まで出没しているんだ。そのうえ、天の川銀河まで飛んでいって、きみが名前も正体も教えたくないような相手にけんかを売れというのか？　まさか本気じゃあるまいな！」

「大きな利益を手にできるぞ！」

「いつのことだ？」

「われわれが勝利すれば、すぐにだ」

「われわれ？　きみもわれわれの側で戦う気か？　きみひとりで？」

「同盟者をさらに増やすつもりだ」

ナンドゥル・カームは憐れむようなまなざしでゴンタセトを見た。

「どこで見つけるつもりだ？　べつの銀河でか？　よりによっていま、この不確かな時代に、だれがそんな冒険をする？　戦いはわれわれの周辺だけじゃない。局部銀河群のいたるところで勃発している。こんな状況で、だれがきみについていきたいと思う？」

「つまり、わたしの申し出を断るというんだな？」

ナンドゥル・カームはためらった。

「きみは本当はだれなんだ？」かれは訊ねた。

「ゴンタセトだ……もういっただろう」

「名前はどうでもいい。きみのことを知りたい。きみはアルコン人のように見えるが、ちいさすぎるのでべつの種族かとも思う。きみはどこからきたんだ？」

「わたしはアルコン人だ。背たけのことはほうっておいてくれ！」

「なら勝手にしろ。きみにいっておく、ゴンタセト！　きみとの会話は円卓会議で報告する。わたし個人としては、きみの申し出には興味がない。円卓会議の見解はひょっとしたら異なるかもしれないが、わたしにはそうは思えない」

「きみの考えを変えるにはどうしたらいい？」

　ナンドゥル・カームは考えたが、ついに断言した。「悪いがどうしようもない」

「きみたちグラドがそれほど恩知らずだとは思わなかったぞ！」ゴンタセトは苦々しい声でいった。「では、ペリー・ローダンを助けないというんだな……かれはきみたちに、あれだけのことをしてくれたというのに」

「きみはペリー・ローダンではない！」

「わたしはかれの依頼で取引しているのだ！」

「ペリー・ローダンは姿を消したんだ。かれがどこにいるか、そもそもまだ生きているのか、だれも知らない」

「かれは生きている」

「証明できるのか？」

「もし、きみたちグラドを納得させる方法がほかにないなら、証明してみせよう」

「いいだろう」ナンドゥル・カームはいった。「われわれグラドが恩知らずだなどと、もうだれにもいわせるものか。ペリー・ローダン自身か、その側近をアイシュラン＝ホに連れてきてくれ。円卓会議で演説してもらおう。正式な支援の要請があれば、聞き入れることを約束する」

「かれにアイシュラン＝ホにこいというのか？」ゴンタセトは激怒した。「なにをうぬぼれている？　かれにはもっとすべきことがあるのがわからないか！」

「かれ自身がくる必要はない。側近でもいいといったはずだ」

「側近だってそんな時間はない！」

「ならばべつの証拠を出すんだな。ローダンからのメッセージを持ってこい」

「なぜそんなに意固地なんだ？　わたしが助けをたのめば充分じゃないか？　わたしはローダンの古い友で、かれとは昔からの知り合いだ」

「きみが？」

ナンドゥル・カームはしげしげとゴンタセトを見たが、笑っていいのか怒っていいのかわからなかった。

「むだだ、ゴンタセト！」大声がとどろいた。「かれはわれわれのいうことを信じない。最初からわかっていたはずだ。かれは抜け目ないから、そんな作戦は通じない。この件はわたしが引き受ける」

ナンドゥル・カームは驚いて振り向いた。ハッチがしずかに開く音がしたのだ。

かれは目を見開いて、何者かが通廊に足を踏み入れるようすを見つめた。〝踏み入れる〟という表現は適切ではなかった。なぜなら、その者はとても奇妙な動きで横方向に移動してきたからだ。もしナンドゥル・カームがテラナーだったら、それをカニ歩きと表現しただろう。

ずんぐりとして体格がよく、赤い髪で赤い髭《ひげ》をたたえたスプリンガーだった。かれには不気味で陰鬱なものが感じられたが、気のせいかもしれない。
横歩き、たくましく立派なからだつき……ナンドゥル・カームはこの男を知っていた。個人的に会ったことはなかったが、かれのことはよく耳にしていたし、画像は何度も見たことがあった……もう三十年以上も前のことだが。

「キャプテン・アハブ！」ナンドゥル・カームは唖然としてささやいた。

「わたしを知っているようだな」と、スプリンガー。「そいつは都合がいい。長い説明をしなくてすむからな。ゴンタセトが話したように、天の川銀河に侵入者がのさばっている。追い出さねばならないが、ギャラクティカーだけでは無理だ」

「それなら、われわれグラドにはなおさら無理だ」ナンドゥル・カームはいい返す。

「わたしはあなたの申し出を少々、勘ちがいしていたようだ」

「それはわたしも、うすうす感じていた」アハブはうなずく。「だが、もとはとれると保証する」

「侵入者というのはだれなんだ?」

「そいつらのことは、あまり話せないのだ。非常に危険な敵で、ギャラクティカーをしのぐ技術手段を持っている。だからこそ、やつらが天の川銀河から逃げるはめになれば、のこしていくものの価値もそれだけ高い。それを、きみたちは好きなだけ手に入れていい。助けてくれた報酬だ」

ナンドゥル・カームは考えた。この申し出はとても魅力的だ。だが、この種の紛争に巻きこまれたら、グラドは高い代償をはらわされるはめになる。それに、キャプテン・アハブの評判は最高とはいえない。これもあわせて考えなければ。

「わたしの一存では決めかねる」ナンドゥル・カームにとって、いまもっとも大事なことは、よけいな面倒を押しつけられずにこの件から手を引くことだ。「円卓会議に報告しよう」

「もうあまり時間がないのだ。待てば待つほど、あの侵入者を追いはらうのが困難になる。それに、長いこと待っていたら、天の川銀河に入ることもできなくなってしまうぞ」

「どういうことだ?」ナンドゥル・カームは驚いて訊ねた。

「侵入者の目的は、天の川銀河をあらゆる外部の影響から隔絶させることなのだ」

ナンドゥル・カームは口先まで出かかった反論をぐっとこらえた。キャプテン・アハブを公然と嘘つき呼ばわりするのは得策ではない。

「必要な決議がすみやかにおこなわれるよう善処する」かれは約束した。

「そうしてくれ」と、キャプテン・アハブ。「グラドに伝えてくれ。われわれの側にペリー・ローダンがいるのだと。そういえば、グラドの決断力はうんと高まるからな」

「その可能性はもちろんある」ナンドゥル・カームはひかえ目にいった。

それを聞いたキャプテン・アハブの顔が曇った。

ナンドゥル・カームは見て見ぬふりをした。大急ぎで別れを告げると、仲間を連れて《マッセンジ》にもどった。

船は惑星メッジャーロをはなれ、アイシュラン＝ホへ向けて飛び去った。

# 4

「天の川銀河だと？」ザディル・コーアはいまにも吹き出しそうな顔をしたが、その声はヒステリックな響きを帯びていた。「われわれに天の川銀河の面倒を見ろというのか？　だれがそんなことを？」

「キャプテン・アハブだ」ナンドゥル・カームはおちついた声で答えた。

「かれの消息は久しく聞いてないな」ザディル・コーアもおちついた声にもどった。

「べつに話に怒っちゃいないが、アハブといえば、昔の噂が本当なら相当な悪党だ。そんなやつがいきなり、信頼に値いする男に大変身するとはとても思えない」

「かれが信頼に値いするとは思っていない」と、ナンドゥル・カーム。「かれは嘘をついていると思う。侵入者が天の川銀河をまるごと閉鎖するかもしれないなんて。そんなこと、ぜったいに不可能だ」

ザディル・コーアはやれやれといった仕草をした。

「それは不可能だ。疑問の余地はない」かれはいった。「そんなあきれた話にわれわれが引っかかると思うか。もしそう思うなら、アハブの頭はどうかしている。それに、われわれには、ほかにやるべきことがある。状況は悪化する一方だ。ギャラクティカーの心配をするひまはない。そうだろう？」

「そうだな」ナンドゥル・カームは同意した。

ザディル・コーアはもうすこしていねいな返事を期待していたようだ。気にかかるようすでナンドゥル・カームを見た。

「この件を調査したいのか？」と、ザディル・コーア。「どうするかはきみの自由だぞ」

「わたしはただ、天の川銀河が昔のままであることを、たしかめたいだけだ」ナンドゥル・カームは説明した。「この時代にそもそも、そんなことが可能であればだが。わたしは天の川銀河でも戦いがあると予想しているが、あくまで憶測だ。わたしは憶測だけをたよりにすることが不安なんだ。具体的な報告をたよりにしたい」

「さっきもいったが、全船団を投入する気でなければ、きみが自由に決めていい。数隻なら派遣できるだろう。それ以上は無理だ」

「できるだけ少数で早く状況をつかむようにする」ナンドゥル・カームは約束した。

「ハンザ商館のほうはどうだ？　なにか情報が得られたか？」

「いや、まったくだ」

ナンドゥル・カームは驚いた目をした。

「なんらかの情報はあっただろう！」かれは信じられないようすだ。

「われわれの質問が悪かったのかもしれない」と、ザディル・コーア。「もっとも、それにかかずらう時間もなかったんだ。きみがいないあいだに、複数のコロニーが攻撃を受けた。ひどいことになってね。事態を掌握《しょうあく》しようとしているんだが、非常に難航している」

ナンドゥル・カームはかれの言葉をそのまま信じた。

「わたしも自分で情報をつかんでみる。別件でわたしが必要なら、すぐに中断できるのでいってくれ」

「その必要はない」ザディル・コーアは即答した。「われわれもあらゆる努力はしているが、見通しは悪い。もっとも厄介なのはカンタロだ。この敵にいつか、われわれの力だけで対抗できるようになるとは思えない……すくなくとも今後数年は。だからもし、天の川銀河、あるいはキャプテン・アハブから助けを得られる可能性がわずかでもあれば、その機会を利用しない手はない」

「ギャラクティカーがアハブのいうように大きな問題をかかえていたら、とてもわれわれを助けられないと思うが。それに、アハブをあてにするのは気が進まない」

「それはどうでもいい。われわれは、わずかな機会も無視できない状況にあるんだ。ひょっとしたらカンタロは、天の川銀河の侵入者かもしれない。もしそうなら、ギャラクティカーはわれわれよりも先に、この不気味な敵を打破する方法を見つけるはず。かれらの敵がべつの者だとしても、ギャラクティカーにカンタロの問題に関心を持ってもらえるかもしれない。いずれにせよ、天の川銀河とのつながりをつくっておいたほうがいい。それをキャプテン・アハブ抜きでできたら、それにこしたことはないが」

ナンドゥル・カームは同意するしかなかった。

*

ナンドゥル・カームは調査のための宇宙船を調達するさい、ザディル・コーアの話よりも、状況ははるかに悪化していることを思い知らされた。

グラドは危機に瀕した惑星から住民をなんとか避難させようとし、住民の側も安全な場所に移動しようと必死だった。それがひどい混乱を招いていた。

惑星ごとの危険度を判断することは、さまざまな理由からむずかしかった。とくにカンタロは、住民がハウリ人やカンサハリヤのメンバーと結託しているという疑いがすこしでもあれば、即座に攻撃してきたからだ。

その結果、ばくぜんとした不安が、ほんのちいさなきっかけで、あからさまなパニックに発展した。危機に瀕した宙域のあちらこちらで集団脱出があった。組織的な避難措置を考える余裕もない状況だったのだ。

グラドのなかにはこの状況につけこみ、避難者の不安と苦悩を食いものにして、もうける者さえいた。恥ずべきことだが、現実は直視しなければならない。

ナンドゥル・カームは小型の調査船を六隻、苦労してなんとか調達し、天の川銀河に派遣することができた。かれは目的地を慎重に吟味し、各船に割り当てた。その出発のさい、かれは胃のあたりに不快感をおぼえた。これらの船は無事に帰還できるのだろうか、という疑問が頭をかすめたのだ。

暗い気持ちで、かれはゲルカン大陸北岸のちいさな街、パテンベに向かった。パテンベは飛び領地だった。グラドはほとんど住んでおらず、そのぶん、ほかの種族が数多く住んでいた。パテンベには宇宙ハンザの商館はなかったが、マゼラン星雲内の宇宙ハンザの代理店と連絡をとるための事務所があった。

円卓会議はパテンベにおける過去三年間の、天の川銀河とマゼラン星雲のあいだの交易関係について照会し、パテンベ当局は返答をよこしていた。ザディル・コーアは本当のことをいっていなかったのだ。返答はきわめて簡潔なものだった。

「該当期間に交易関係なし」

ナンドゥル・カームは、公共通信網を通じて話すよりも、対面で話すほうがうまくいくと考えていた。そんなかれを多くの者は古臭いといった……もっとひどい表現をする者もいたが、ナンドゥル・カームは気にしなかった。

パテンベは妙にさびれた印象だった。ナンドゥル・カームがそんな評価ができるのは、過去に何度もここを訪れていたからだ。パテンベにはすばらしいレストランがいくつもあり、本格的な食材を使った異星の料理を、驚くほど手ごろな値段で提供していた。ナンドゥル・カームは美食家だった……そう見られていた。

以前、この界隈はいつもにぎわっていたが、いまは通りに人影はない。

この変化をナンドゥル・カームは、ちかごろは多くのグラドの頭のなかを、おいしい料理以外のことが占めているからだと思った。だが、ほかの種族の姿もまったく見えないことが気になった。街の上空を旋回していると、ようやくひとりのブルー族が通りを横切るのが見え、ほっとため息をついた。

ナンドゥル・カームは神経がやや過敏になっているようだった。活気のない通りを目にして、さまざまな悪い予感がかれの頭をよぎっていた。

グライダーを着陸させて外に出ると、ナンドゥル・カームは宇宙ハンザの連絡事務所に向かった。

人気《ひとけ》のない通りを歩くのは少々、うす気味悪かった。パテンベはしずまり返り、レストランも閉まっていた。開いているのは、完全自動化されたいくつかの安食堂だけだった。そんな食堂の前を通ると、数名の客がすわっているのが見え、なかにはギャラクティカーの姿もあった。ナンドゥル・カームの目にかれらは、突然からっぽになったこの街に見捨てられたかのようにうつった。

　連絡事務所のある建物前の通りには枯れ葉がつもり、足もとにたまった砂がぎしぎし音をたてた。ナンドゥル・カームはいまはじめて、この街がいかに打ち捨てられた状態なのかを実感した。

　かれは自問した。いったいここでなにが起きたのだろう？　なぜグラドはこの変化に気づかなかったのか？　本当にそれほど、自分たちのことで手いっぱいだったのだろうか？

　コンピュータの音声がかれに事務所の場所を案内した。この建物では仕事をしている気配はほとんどなかった。廊下はロボットのおかげかきれいだったが、静けさと人気のなさに息がつまりそうだった。次の瞬間、かれは思わずびくっとした。ちいさな掃除機が角を曲がってかれの目の前にあらわれたのだ。掃除機はかれを迂回すると、かすかなモーター音をたてながら転がっていった。

　ちいさな事務所に到着すると、驚いたことに、そこにはテラナーがいた。ナンドゥル・カームはもう、パテンベでこの種族に遭遇することはないだろうと思っていたのだ。ナンドゥル・カームはテラナーのことをよく知らなかったが、そのかれでさえ、目の前の男が疲れ切ってやつれていることがわかった。顔は青白くしわだらけで、目は落ちくぼみ、生気がなかった。

「ご用件は？」グラドを見てテラナーは訊ねた。

「訊きたいことがある」と、ナンドゥル・カーム。「答えてもらえるとうれしいが」

「それは内容による。わたしはグベン・タイだ。グベンと呼んでくれ」

「わたしはナンドゥル・カームだ」

テラナーの目がぴくりと反応した。マッセンジ円卓会議のメンバーの名前は当然、かれも知っている。

「パテンベの住民になにが起きたんだ？」ナンドゥル・カームは訊ねた。

「ここが閑散としていて驚いたのか？　もう、多くの者がアイシュラン＝ホをはなれてしまったんだ」

「なぜだ？」

「故郷に帰りたくなったんだよ」

「そんな突然に？」

グベン・タイはため息をついた。

「かなり前からだ。だが最近、とくにひどくなった」

「どうしてだ？」

「船がこなくなったんだ」と、テラナー。「みんな不安なんだ。もう、故郷に帰れなくなるんじゃないかと。どんな機会でも利用して、天の川銀河方面に向かおうとしている。これから出発する人は、もうチャンスはないかもしれない」

「きみはそれをどう思う？」ナンドゥル・カームはおちつかないようすで、からだをゆすった。自分が派遣した調査船のことを考えずにはいられなかったのだ。

「天の川銀河でなにが起きているのか、わからないんだ」グベン・タイは慎重に言葉を選んだ。「でも、なにかおかしいことになっている」

「それは局部銀河群の全体でいえることだ」ナンドゥル・カームは冷静にいった。「なぜ、天の川銀河だけようすが違うんだろう？」

グベン・タイは黙っていたが、かれの気持ちは顔にはっきりあらわれていた。かれも不安なのだ。

「いま、いたるところで戦闘が起きている」グラドは熱心に語る。「どの報告も、ハウリ人、カンサハリヤ、カンタロの攻撃の話ばかりだ。かれらになにがあったかは知らないが、みんな分別を失っているように見える。やみくもに攻撃をしかけ、思考する存在はすべて敵とみなすようだ。それらが自分たちに好意的か否かを事前に問うこともせず。天の川銀河でもかれらは同じことをするだろうが、多くの文明が存在するぶん、攻撃ははげしくなるだろう。そう考えると合点がいくかもしれない」

「きみはそうかもしれないが、わたしは合点などいかない」グベン・タイは無愛想に応じた。

ナンドゥル・カームは当惑してかれを見た。

「ハンザ商館はどうなっている？」かれは訊ねた。それよりいい話題は思いつかなかった。

「いくつかは破壊された」グベン・タイは陰鬱な表情だ。「だれがやったかわからないし、攻撃された理由はもっとわからない」

「破壊されなかった商館はどうしている？」

「大半は業務をつづけている……それを業務と呼べるならの話だが。そのほかは無人だが、まだ自動信号は送っている」

「本当にもう船はこないのか？」

「一隻もこない」

「いつからだ？」

「一概にいつとはいえない。まず、テラナーの船がこなくなり、つづいてほかの船も、時期はずれるが、こなくなったんだ。半年くらい前まではまだ数隻、くることがあったが、それ以降はまったくだ」

「でも、やってきた宇宙船の乗員から、天の川銀河でなにが起きているか聞けなかったのか？」

「かれらの話には矛盾する点がとても多かったんだ。どう考えたらいいのか、いまでもわからない」

ここでナンドゥル・カームにある疑問がわいた。そもそも、グベン・タイの任務はなんなのだろう。それをかれにずけずけ訊ねるのは、とても礼儀正しいグラドとしては、はばかられた。

「矛盾した話でも興味がある。わたしなら、なにかわかるかもしれない」と、ナンドゥル・カームは訊ねるかわりにいった。

テラナーは一瞬、にやりとした。

「やってみればいい」かれはそういって、グラドにメモキューブをわたした。「これがその記録だ」

かれがこのメモキューブを用意していたことが、ナンドゥル・カームにはやや不思議だった。グベン・タイはこのような訪問を待っていたのではないか。そんな思いがかれの頭をよぎった。

すると、グベン・タイはこう述べた。

「このメモキューブで何十個めかな。わたしした相手はみんな、自分はほかの人より賢いから、天の川銀河で起きていることがわかると思ったようだった。ひとりでも成功してくれたらうれしいんだが。残念ながらきょうまで、なにもわかっていないんだ」

ナンドゥル・カームはむっとしてはいけないと自分にいい聞かせる一方、グベン・タイについて調べてやるぞと決心した。

「船がこなくなったとき、なぜわれわれに報告しなかったんだ？」ナンドゥル・カームは訊ねた。

テラナーは驚いて眉をつりあげた。

「報告しなかったなんて、よくもいえるな。何十件も請願書を提出しただろう。くわしい回答はこなかったが、すくなくとも報告に目を通してくれたと思っていたよ。それはともかく、きみの事務局は、ハンザに訴えを起こしているだろう。われわれが商品を納入できなかったから」

「それは知らなかった！」ナンドゥル・カームは驚いた。

「それなら、宇宙港湾管理局に天の川銀河方面への飛行許可をあたえないよう、警告したことも知らないんじゃないか？」

「知らない！」

ナンドゥル・カームは背筋が凍りつく思いだった。調査船が！　最初からいやな予感がしていたんだ！

同時にかれは、この件について調査しようと心に決めた。

「きみたちは船を派遣したのか？」かれはかすれ声で訊ねた。

グベン・タイはうなずいた。

「何十隻も」かれはいった。「出せる船はすべて……いや、それ以上の船を送った」

「それで？」グベン・タイが口ごもると、ナンドゥル・カームは訊ねた。胃のあたりに氷のように冷たいものを感じていた。

テラナーは肩をすくめた。

「それで、もなにもない。すべての船の消息がわからなくなった」

「でも船と無線連絡はとっていただろう。なにか連絡はあったはずだ！」

「交信できているあいだは、まったく心配ない報告だったんだ。万時順調。攻撃もなく、異状が探知されることもなかった。すると連絡が途絶え……それっきりだ」

「わたしも調査船を派遣しているんだ」ナンドゥル・カームは沈んだ声でつぶやいた。

「無事にもどってくることを祈っている！」グベン・タイはいった。

# 5

「宇宙ハンザは交易のパートナーにすぎません」事務局長はいった。「この職員たちは飛び領地に住んでおり、飛び領地は独立した政治的単位です。独自の法を持ち、独自のエネルギー供給網を持つ……自立した領地だ。そのうえ、独自の宇宙港と、独自の航空管制システムまでそなえている。われわれグラドはかれらととり決めを結んでおり、それをわれわれはつねに遵守《じゅんしゅ》し、うまくいってきました。なにかを変える理由は存在しません」

「それは論ずるまでもない」ナンドゥル・カームはいらだたしそうに語気を強めた。「だがそのことが、宇宙ハンザの請願書や警告を無視していい理由にはならないだろう」

事務局長はたてがみを逆立てた……あまり気が長いほうではないようだ。この男、ティサランルーは、マッセンジの円卓会議を頂点とする当局のヒエラルキーのなかで非常に高い地位にあり、かれはもちろん、それを失いたくはない。

ティサランルーはその名からもわかるとおり、伝統的な大きな氏族には属していない。にもかかわらず、これほど高い地位にのぼりつめたということは、かれが並はずれて有能であるか、円卓会議メンバーのおぼえがめでたいかのどちらかだ。かれはおそらく両方に当てはまるだろう。古くからの氏族ももはや、かつてのような存在ではなくなった。正統な子孫に高い役職につくだけの能力がない場合、メンバーの多くは自分の影響力をたもつため、べつの方法を模索するようになってきた。

「われわれの商人に、どこへ飛ぶかを指示することはできません」かっとなって事務局長はいった。

「だが、せめて命とりにならないよう警告するぐらいはできるだろう」ナンドゥル・カームは反論した。

もしこの警告を知っていれば、そう安易に調査船を派遣しようとは思わなかったのだ。だが、それをかれはこの時点では、ティサランルーに伝えなかった。この男にいま、我を張るとあとでどうなるかを警告したら、この件をもみ消す機会をあたえてしまうからだ。大惨事が決定的になれば、ティサランルーもそうかんたんに責任逃れができなくなる。

その一方で、ナンドゥル・カームは当然のことながら、自分の身を守ることも案じていた。

かれはグベン・タイと別れたのち、すぐに調査船との交信をこころみたが、応答がなかったのだ。この事実はかれに、あらゆる悪い予感をいだかせた。

ナンドゥル・カームが暗澹《あんたん》たる思いに沈むなか、ティサランルーはいい放った。「この問題であなたと議論することを拒否します。この件はあなたの管轄ではない」

あまりにも不遜な発言に、ナンドゥル・カームは一瞬、言葉を失った。

「わたしの管轄ではないだと？」啞然としてかれはいった。「きみは正気か？　このような警告はすぐに円卓会議のメンバー全員に連絡する必要があったのだ。自分でもよくわかっているはず。この問題は、このままではすまされないぞ、ティサランルー！」

ナンドゥル・カームは事務局長が不安にかられ、うっかり口をすべらせることを期待した。かれはその地位につくのを助けた人物に、宇宙ハンザの報告について伝えたのではないか。その相手の名前をもらしてくれたら、この上ないんだが……焦るとよけいなことをもらす者は多い。

しかし、ティサランルーはずぶとかった。

「さあどうでしょうね」かれがいったのは、それだけだった。

ナンドゥル・カームは、傲慢で独善的なこの男の胸ぐらをつかみたい衝動をおさえた……だいいち、そんなことをしてもむだだった。ティサランルーはかれより頭半分、背が高いうえ、若くすらりとして敏捷《びんしょう》だった。

ナンドゥル・カームは事務局を出た。心のなかは怒りで煮えたぎっていたが、つとめてそれを表に出さないようにした。

*

グベン・タイのメモキューブには、かれが出来ごとの全容をできる範囲でまとめた、いくつもの報告が記録されていた。

それはグベン・タイが話したとおりの内容だった。報告からはあらゆることが読みとれたが、その結果を合算して、矛盾のある部分をさし引いていくと、結果はゼロに等しかった。

ひとつだけ、たしかなことがあった。それは、天の川銀河のある特定の領域がもう何年ものあいだ、外部の影響から隔絶されているということだ。その理由は定かではなく、あらゆる憶測がくりひろげられていた。

そのなかには、ギャラクティカーがみずから、その影響領域の一部を隔離しようとした可能性に触れたものもあった。

ナンドゥル・カームはこの説に強く関心をひかれ、可能性が高いとみなした。

グラドはみずからの苦い経験から、さまざまな異星の侵入者による不可解な争いが、その宙域の文明にどれだけ潰滅的な影響をおよぼすかを知っていた。もしマゼラン星雲を隔離し、そうした異人の侵入を防ぐ手段と力を持っていたら、グラドはただちにそれを実行しただろう。

　ギャラクティカーがこれを思いつかないわけがあろうか？

　そのうえ、天の川銀河の住民の技術水準は非常に高かった。ナンドゥル・カームは、その水準が実際にどれほど高いのかはよく知らなかったが、ギャラクティカーにはそれを遂行するだけの知識と能力があると思った。かれはギャラクティカー……なかでもテラナー……を、技術的な能力に不足があっても巧みな心理戦で補うことができる、抜け目なさと狡猾《こうかつ》さをそなえているとみなしていた。

　各報告に対するグベン・タイのコメントを検討した結果、やはりこの考えが正しいとかれには思われた。

「グベン・タイ？」ナンドゥル・カームがかれに関する情報をもとめると、保安局の職員は驚いたようすで訊ねた。「あなたは本当に、かれを知らないとでもいうのですか？」

　ナンドゥル・カームはいま、自分の知識レベルを問われることに少々、敏感だった。それは良心のとがめのあらわれだと、かれは自覚していた。知らなかったことが、事態を大きく悪化させてしまったから。

「いいから、簡潔に答えろ！」かれは声を荒らげた。

保安局職員は妙な視線でかれを見た。かれはナンドゥル・カームを、いかにも円卓会議のメンバーらしいと思ったことだろう。ほかのメンバーもいま、かなり気が立っていた。

「かれはパテンベという飛び領地の長です」保安局職員は冷静に説明した。「とても重要で、とても有能なテラナーです。かれの知識がなければ、パテンベではなにも進まないも同然です……この宙域の宇宙ハンザのどの商館でも同様でしょう」

「なぜパテンベにはハンザ商館がないのだ？」

保安局職員はやや軽蔑するような目つきをしたが、ナンドゥル・カームはそれに反応せず、忍耐強く答えを待った。円卓会議のメンバーであるかれには、この種族の歴史を学ぶよりも、ほかにするべきことがあったのだ。それでもかれは、この宙域にかなり精通していた。ただ、宇宙ハンザのような組織との関係にはこれまでとくに関心がなかったうえ、その姿勢を変える理由もなかった。ハンザが存在し、機能している。それ以外のすべてはどうでもよかったのだ。

「宇宙ハンザは」保安局職員はいった。「円卓会議の要請で、アイシュラン＝ホに商館を設置するのを断念したんですよ。アイシュラン＝ホの自由貿易惑星としての地位が侵害されるのを恐れ、円卓会議が公的な商館の設置を拒否した。宇宙ハンザは円卓会議の懸念を尊重したのです」

「だが、それなのにハンザはパテンベにある……違うか？」ナンドゥル・カームは訊ねた。

「あります」

「つまり、ハンザはとり決めに違反しているということか？」

「違います。すくなくとも直接的には違反していない。仮に違反しているとしても、それを証明するのは困難でしょう」

「なぜだ？」

「それは、ハンザ商館がないからです……すくなくともパテンベには」

「だんだんいらいらしてきたぞ！」ナンドゥル・カームはしびれを切らす。「いいか、わたしはパテンベに行き、グベン・タイを訪ねたのだ。かれはある建物にいた。通常なら数百人が働いているような建物だ。そこで使用される技術設備もいくつか見た。もちろん、アンテナも。あの建物はハンザの拠点だ……正しいか否か？」

「見方によります」

「どういう意味だ？」

「正式な拠点、すなわち商館ではないということです。そこで働くギャラクティカーは宇宙ハンザの正式な職員ではなく、民間の商人で、われわれとハンザとの取引を仲介しているんです」

「それはたんに言葉の問題じゃないか！」

「でも、それでこれまでうまく機能してきました。さらにいうと、パテンベはハンザの所有ではなく、ほかの交易組織も代理店を置いています」

「それなのに、あのグベン・タイが全業務の長なのか？」

「そうですが、そのことはわれわれにとって重要ではありません。パテンベの住民が決めたことです。飛び領地の長をだれがつとめるかは、あくまでかれらの問題ですから」

ナンドゥル・カームはこの件をこれ以上、追求しないことにした。政界の面倒くさい理屈に慣れていたかれは、この件をさらにつつきまわしても、意味がないことがわかっていた。

「グベン・タイについてどう思う？」ナンドゥル・カームは訊ねた。「信頼できる人物か？」

「なんともいえません。かれはテラナーで、テラナーはどういう人物か見きわめるのがむずかしいことがあるんです。わたしは、かれは宇宙ハンザだけでなく、テラナーの諜報部にも属している可能性が非常に高いと思いますが、証明はできません。かれはとても用心深い男で、罪になるようなことは一度もしていません」

「それは公式ヴァージョンだろう」ナンドゥル・カームは鼻で笑った。「公式文書にないことも聞かせてくれ」

保安局職員……その名はギラン・シャドといい、マッセンジの伝統ある有力な氏族に属する……は、両手をあげてほほえんだ。

「かれの本分のひとつはまちがいなく、つねに最新の情報を収集し、報告することです。でも、かれは慎重にその活動をしており、かれを非難する理由はわれわれにはありません。わたしは、かれは信頼に値いする人物だと思います」

異種族の者に対するこれ以上ないほめ言葉だった。グラドは全般に、この手の発言には非常に慎重だ。ギラン・シャドは自分の見解によほど自信があるにちがいない。

これを聞いたナンドゥル・カームは、グベン・タイのコメントは有用であると判断した。

かれのメモキューブにある報告は、天の川銀河でなにか不吉なことが起きていることを明らかに証明するもので、それをグベン・タイは、みずからのコメントによって全力で裏づけている……ナンドゥル・カームにはそう感じられた。

およそ考えうるかぎりのコネを持っているにちがいない、グベン・タイのようなテラナーが、みずからの故郷惑星の出来ごとについて、まったくなにも知らない。そんなことがありえるだろうか？

それはありえない。

だが、グベン・タイはまったく知らないふりをする。その態度から、なにが推論できるだろう？

かれはひろまっている噂の信憑性を高めようとしているのだ。ナンドゥル・カームはそう考えた。

現在、局部銀河群全体にひろがる混乱に、天の川銀河もきっと苦しんでいる。かれらはハウリ人やカンサハリヤ、カンタロに関わりあいたくないのだ。ギャラクティカーは平和を愛し、不必要な流血を嫌う。だから、敵を抑止するためのつくり話を生みだしたのだ。

それはうまくいくのだろうか？

ナンドゥル・カームにはわからなかったが、すくなくとも、うまくいく可能性はあるとみなした。

調査船への思いはもう、かれをそれほど強く苦しめなくなっていた。もし、天の川銀河の隔離が、そのせめて一部だけでもギャラクティカーのしわざであれば、グラドがその罠におちいったとしても、すくなくとも死の脅威はなくなる。最悪の場合、のこりの人生を異星ですごすことを強いられるかもしれないが、それはグラドにとってさほど恐ろしいことではない。多くのグラドはそのような運命を歓迎すらするだろう……とくに、罠の内部が異人の容赦ない攻撃から守られている場合には。

しかし、キャプテン・アハブはこの構図にどうおさまるのだろうか？

それもきっとそのうちわかるだろう、とナンドゥル・カームは思った。

＊

公文書庫は、照明は明るいのに暗い印象だった。それは部屋のせいだった。だだっぴろくて天井は低く、とても古そうだった。何本もの巨大な柱が、惑星の地下にあるこの部屋の奥への視界をさえぎっていた。

グラドの大半は、この公文書庫が存在することすら知らなかった。知っている者も、それがどこにあるのか見当もつかないだろう。

公文書庫は惑星アイシュラン＝ホの北極のちいさな大陸にあり、岩盤の地下およそ千メートルに位置していた。書庫にたどりつくためには、秘密の反重力シャフトを利用しなければならず、このシャフトには権限のある者しか入ることができなかった。ナンドゥル・カームは、この権限は入館の最初のステップでしかないことを知っていた。シャフト内にはさまざまなチェック機構が設けられており、権限のない者はいやおうなく、いずれかの関門にひっかかるしくみになっていた。

書庫のある小大陸は、グラドにとっておもしろみのない場所だった。価値のあるものはなにひとつない、寒くて荒涼とした土地だった。唯一の利点は、この地域が地震に強いことだ。それこそが、この場所に公文書庫が設けられた理由だった。

もちろん、アイシュラン＝ホにはまだほかに数多くの文書庫があり、そのいくつかは、すべてのグラドが利用可能だった。ただ問題は、それらがすべて特定の集団、たとえば、氏族、ギルド、職業身分、商業組織などに属していることだ。そこには各集団のグラドによって収集された、一部の情報しか収蔵されていなかった。

この公文書庫は、それらとは一線を画していた。

グラドはだれもが情報収集機関に、異なる種族や惑星に関する情報を報告する義務があり、逆にグラドはだれもがこの情報収集機関から、種族や惑星に関する情報を得ることができた。収集される報告に脚色はなく、グラドをいい印象にみせかけるような編集はくわえられていなかった。

公文書庫にはその情報が収蔵されており、つまり、グラドがみずから創作したよいイメージに合致しない情報もふくまれていたのだ。

ナンドゥル・カームはここでキャプテン・アハブ、あるいはかれが会った、この名の人物のシュプールを探すことにした。

かれが見つけた情報は、好ましいものではなかった。

アハブはずるい男で、自分の利益しか考えない。そのうえ、良心をどこかに置いてきたようなやつだった。

ナンドゥル・カームはかれの情報を興味深く読んだ。

すくなくとも、アハブとテラナーにはなんらかの関係があるようだ。アハブが本当にペリー・ローダンの友であることをしめす情報はなかった……ふたりが出会っていたかどうかすら、あやしかった……が、つながりがあったことはまちがいなさそうだ。ただ、それが好ましい関係だったかどうかは定かではない。

ナンドゥル・カームは、キャプテン・アハブにほんのすこしでも触れている報告はすべて調べた。その資料はさほど広範囲におよんでおらず、たいした作業量ではなかった。

作業が終わると、かれは椅子の背にもたれ、目を閉じた。

キャプテン・アハブがテラナーの敵だったとは断言できないが、逆に、テラナーの特別な友だという証拠も存在しなかった。

アハブは二面性がある男で、かなりたよりがいがあった半面、私利私欲のためならいつでも親友でさえ裏切り、敵に売りわたすような人物だったようだ。

いいもうけ先だった天の川銀河が突然、閉鎖されたら、キャプテン・アハブはどうするだろうか？　自分のために……テラナーの表現を利用すれば……火中の栗をひろってくれる同盟者を探すのではないか？　そのうち見捨てることができる同盟者を。なにかうまくいかなかったら、自分は悪くならないように罪を押しつけられる同盟者を。

そうにちがいない！

ギャラクティカーはみずからを隔離し、閉じこめたのだ。アハブはそれが気にくわない。だからかれは友情をちらつかせ、友としてテラナーにつくすよう、グラドを誘導しようとしているのだ。

もし、このナンドゥル・カームの推測が正しければ、テラナー……はもちろん、ほかのギャラクティカーも……みずからの防護措置をすり抜けられたら、よろこばないだろう。それどころか、激怒するだろう。グラドはそのしりぬぐいをさせられる。キャプテン・アハブは事後、この出来ごとになんの関係もないかのようにふるまうだろう。

これはいかにも、二枚舌のアハブらしい展開だ。しかし、そうはさせやしない。

もし、ペリー・ローダンが本当にアハブの側についているなら話はべつだ。だが、ナンドゥル・カームにはそうは思えなかったし、今後も信じない。ローダンと直接、話をするまでは！

# 6

時間はじりじりするほど、ゆっくり過ぎていく。派遣した船との連絡はとぎれたきり、回復できなかった。ナンドゥル・カームは、危険はないと何度も自分にいい聞かせるものの、心配でしかたがなかった。

だが問題は、天の川銀河で起きるかもしれない危険だけではなかった。破壊欲に満ちた敵はあちらこちらにうようよしており、そのひとつに遭遇するだけでも充分に危険だった。

たとえマゼラン星雲にとどまっていたとしても、宙航士がそのような運命に見舞われるおそれはあった。

マゼラン星雲の情勢は混迷する一方だった。ナンドゥル・カームにはもう、グラドが今後も争いに関わりあわないですむとは思えなかった。遅かれ早かれ、心を決めなければならない時がくる。

だが、それは容易なことではない。さまざまな敵対関係が存在する現状では、ひとつの側の味方をすることは不可能だ。おそらく、わが身を守ることだけに徹するしかない……それを、どの戦線にも巻きこまれずになしとげるには、どうしたらいいのだろうか？

ナンドゥル・カームは、キャプテン・アハブとの遭遇と、それにまつわる問題を忘れる日もあった。ほかにやるべきことが多すぎたから。

だがある日、かれはそれを突然、思い出すことになった。派遣した船が一隻、もどってきたのだ。

一報を聞いてナンドゥル・カームは本当に驚いた。かれは時がたつにつれ、調査で派遣したグラドにもう二度と会えないのではないかという疑いが、確信にかわりつつあったからだ。

かれはなにもかもほうりだして宇宙港へと急ぎ、数分後には《トリリア》の船内に到着した。これだけ急ぐのには理由があった。なにしろこのご時世、宇宙船を使わずに置いておくわけにはいかない。まもなく再離陸させなければならなかったのだ。

《トリリア》の指揮官はアダナクウンといい、アイシュラン＝ホの出身ではなかった。かれがかつて、どうやってこの惑星にたどりついたのか、星は知っているかもしれない……かれ自身はそれについて語らなかった。かれはひときわ背が高く、たてがみがいつも乱れ、驚くほど明るい目をしたグラドだった。まなざしは刺すように鋭く、感じが悪そうに見えるが、本質は社交的な男だった。

　アダナクウンはナンドゥル・カームをキャビンに招き入れた。乗員の大半は、アイシュラン＝ホでの短い滞在中に買いものやそのほかの私用をすませるため、すでに街に出ていた。

「長い航行だったな」短い挨拶のあと、ナンドゥル・カームは切り出した。「なにか見つかったか？」

「いいえ、たいしては」アダナクウンのこの言葉に、ナンドゥル・カームの期待はいきなりそがれてしまった。「端的にいいますと、あなたがあげた目的地には到達できませんでした」

「それは残念だ」ナンドゥル・カームは落胆してつぶやいた。「だが、それでもなにか報告できることはあるだろう？」

　アダナクウンの明るい目がぴくと反応した。

「いい話ではありません」かれは声をひそめた。「ほかの船を見失いました。でも最初から話をさせてください」

　かれはうしろにもたれかかった。ナンドゥル・カームは早く聞きたい気持ちをどうにかおさえた。

「天の川銀河には、編隊を組んで近づいたほうが安全だと判断しました」アダナクウンは報告をはじめた。「天の川銀河の外縁部ではじめてはなれ、あなたに指示された目的地をめざすことに。《トリリア》は後衛でした。はるか外側のハローでわれわれは別れました。それから間もなく、探知エコーを受信したんです。ぼんやりとですが、船が二隻、破壊されたように見えました。その後、ほかの船のことはもう、見ることも聞くこともありません」

ナンドゥル・カームはこの情報が、かれの説にどう合致するかと考えた。アダナクウンは話をつづける。

「この状況では計画を変更したほうがいいと判断し、われわれは外側のハローにとどまって、宇宙船や惑星と無線で交信しようとしました。長いあいだ連絡がとれなかったのですが、ようやく応答があったんです」

ナンドゥル・カームは安堵のため息をついたが、安堵するのはおそらく早すぎるぞと自分にいい聞かせた。

「辺境の惑星を見つけたんです」と、アダナクウン。「そこでテラナーの移住者に出会いました。でもかれらは、天の川銀河のなかの出来ごとは知らないというのです」

「それをきみたちは信じたのか？」

「信じるしかありません。ただ、かれらはわれわれに黙っていることがあると感じました。というのも、かれらにペリー・ローダンの帰還について情報があるかと訊ねたら、ローダンはまだ行方不明だと、かたくなにいい張ったので」

「なるほど！」ナンドゥル・カームは満足した。「たぶん、そんなことだろうと思ったよ。テラナーはほかになにかしゃべったか？」

「われわれが関心を持つようなことはなにも。かれらは自分たちの問題で手いっぱいなようでした」

ナンドゥル・カームはうなずき、のこりの報告を聞いたが、重要な内容は本当に見つからなかった。

かれは考えこみながら、でも心のなかでは充分に満足して《トリリア》をあとにした。よしよし、ほかの船はいなくなったんだな。賭けてもいいが、二度とあらわれないだろう。もし、もどってくるとしたら争いが終わったあとで、それがいつになるかはだれにもわからない。

乗員のことは、かれは心配していなかった。かれらはギャラクティカーに無事に迎え入れられている。そう確信していた。《トリリア》で探知された爆発は、きっと偽装工作だろう。

ギャラクティカーは抜け目がない。かれらなら、もし芝居を打とうと決めたら、最後の最後まで徹底的に演じきるだろう。

ナンドゥル・カームはそう考え、安心して仕事にもどった。

＊

《トリリア》はとうにアイシュラン＝ホをはなれ、グラドの影響領域のどこかで活動している。アイシュラン＝ホをはじめとする多くの惑星で、ずいぶんいろいろな変化があった。多くの商品が不足し、手に入るものは、ほとんど手のとどかないような値段だった。本当にひどい時代だった。

同じ時期、宙賊がふたたび一帯を、以前にもまして大きく騒がせるようになっていた。その数は減ったようだったが、それはグラドによる対策の成果ではない。殺意に燃えたさまざまな異人たちが、宙賊の船やかくれ家でさえ容赦しなかったおかげだ。だが、名前以外はなにもわかっていないに等しいカンタロですら、〝ファントム〟と呼ばれる宙賊は捕らえることができないようだった。

この宙賊はひとりではなく、強奪者の集団にちがいない。それなのに、かれらはたった一隻の船しか所有していないようだった。

この船は大型で、まったく見たことのない構造だった。どこからきたのか、だれにもわからない。この船に出くわし、のちに無事、報告するにいたった数少ない者は、未知の新種族ではないかと推測するほどだった。もしかすると、ハンガイからきた異人で、この船はまもなく一帯の混乱に参加しようとする艦隊の前衛かもしれない。

だとしたら、古い神々に回帰し、祈るべきときだ。おそらくなんの役にもたたないだろうが、けっして損にはならないだろう。つまり、どれほどちいさなチャンスであっても、すがるしかない状況になる、ということだ。

この新しい宙賊団は、その手の一味にそなえてほしくない、よくない性質をすべて兼ねそなえていた。

宙賊船はかつてない速さで、おそろしく機敏だった。一見、たいした武装はしていないようにみえるが、それを憶測で判断するのは危険だ。この宙賊とまだだれも公然と戦ったことがなく、信頼できるデータが存在しないからだ。

かれらはほとんどえり好みなく獲物を選んだ。お気にいりは、さまざまな理由で抵抗できない獲物だった。

真っ先に狙われたのは、宇宙船も武器も持たない、人里はなれたちいさなコロニーだった。また、損傷した宇宙船や、どうにか攻撃に持ちこたえていた宇宙ステーションも、かれらに掠奪される危険は充分にあった。

要するに、この宙賊は正真正銘の悪党で、弱いものを真っ先に餌食《えじき》とするハゲタカ集団だった。グラドはかれらを徹底的に嫌っていた。

ナンドゥル・カームはこの問題に力を入れてとり組んだ。宙賊の問題はかれが専門とする仕事にふくまれていたからだ。そうこうするうちに、キャプテン・アハブとその奇妙な申し出のことは、すっかり忘れていた。それよりはるかに急を要するほかのことが、かれの頭のなかを占めていたからだ。

その晩、異例の時間に、ある訪問者がかれのもとを訪れるまでは……

*

ナンドゥル・カームはくつろいでいた。数時間の自由な時間を手にしたのだ……めったにない恩恵を満喫せずにいられようか。かれはお気にいりの部屋に引きこもり、やわらかいクッションでのんびりとからだを休め、豪華な食事をゆったりと堪能しようと思っていた。

前菜を食べおえたとき、カーム一族の若者がひとり、かれのもとにあらわれた。

「出ていけ！」ナンドゥル・カームはかれを見るなり叫び、かじったあとの骨をじゃま者に投げつけた。「わたしは静かにすごしたいんだ。わからないか？」

かれは本気で怒っていたが、それには理由があった。ここ数日間、ほぼ休みなく働いており、まともな食事をとる時間もなかったのだ。

グラドの若者は飛んできた骨をよけると、あわてて謝り、用件を説明した。ホールで見知らぬ男がナンドゥル・カームを待っているという。

「見知らぬ男？」ナンドゥル・カームは不機嫌そうに訊ねた。「知らないやつには会いたくない。追い返せ！」

「追い返そうとしたんですが」と、若者はいって、傷ついた鼻を指さした。「やつは帰ろうとせず、殴りつけてきたんです」

「じゃあ、だれか助けを呼べばいいだろう」

「それもしたんです。でも……」

その瞬間、若者はなぜか前にすっ飛んだ。クッションにつまずき、ごちそうのならんだ低いテーブルのわきすれすれをかすめて、床にうつぶせに倒れこんだ。

「なにごと……」ナンドゥル・カームはいいかけて口をつぐんだ。

「客あしらいが悪い家だ！」ドアから不満そうな声が聞こえてきたのだ。「これが客をもてなす態度か？　いつまで待たせる気だ」

すると、訪問者は横歩きでナンドゥル・カームに近づき、目の前に立ちはだかった。

「き、キャプテン・アハブ！」かれは啞然として思わず口ごもった。

「じゃなきゃだれだ？」アハブの大声が響いた。「きみの答えを長いこと待たせてもらったぞ。それでどうなった？」

ナンドゥル・カームはテーブルにならんだおいしそうな料理を眺めると、ため息をついた。

「しかたないな」かれはつぶやいた。「すわってくれ！　きみと話がしたい。話しながら、すこしつまんでもかまわないか？」

「そりゃ、かまわんさ」と、アハブはいうと、ローストした肉をひときれつまんだ。

「相伴《しょうばん》させてもらうぞ」

手も洗わずに食べ物にさわるな。ナンドゥル・カームはそういいたかったが、アハブに命じる勇気はなかった。若者はそのすきに立ちあがり、急いで廊下へ逃げ出した。

「さっきもいったが……わたしはきみの答えを待っていたんだ」食べ物をほおばったまま、アハブはいった。「きみから連絡がないので、直接、答えを聞きにきた。天の川銀河を侵入者から解放する手助けをしてくれるのか？」

「円卓会議で話し合ったんだが」ナンドゥル・カームは慎重に答えた。「明確な結論にいたらなかったのだ」

「どうしてだ？」

「天の川銀河の住民がそもそも、われわれの助けをもとめているかどうか、わからないからだ」

「飛んでいって訊いてみろ！」と、キャプテン・アハブ。

「もう、やってみたさ」

「どうだった？」

「うまくいかなかった」

「当然だ！」アハブは軽蔑したようにいった。「きみにいったはずだぞ。この侵入者は天の川銀河全体を完全に封鎖しようとしていると。だからわたしはここにいるんだ。まだこの封鎖網には穴があるから、われわれにはチャンスがある。だが、最後の穴がふさがれてしまったら、ギャラクティカーのためにもう、なにもできなくなる」

「われわれはむしろ、ギャラクティカー自身が、異人を天の川銀河から遠ざけようとしているとみているのだ」ナンドゥル・カームはきっぱりとした声で説明した。

「だとしたら、きみたちはわたしが思っていたよりもばかだ！　どうして、そんなあきれた考えが浮かんだんだ？」

ナンドゥル・カームはこのあつかましいスプリンガーに、これまで自分がやってきたことを、いちいち話して聞かせる気はなかった。

「きみに説明する義務はないだろう」ナンドゥル・カームは冷たく告げた。

「なにをいうか！」アハブは激怒した。「わたしは危険を探り、きみたちグラドから助けを得るため、ずいぶん不愉快な役目も引き受けてきたのだ。そうかんたんに引き下がってたまるか！　いいかげんに返事をしろ！」

「ギャラクティカーは賢く、巧妙で狡猾だ」ナンドゥル・カームはしぶしぶ応じた。

「本当に助けが必要なら、きっと自分からそう伝えてくるだろう」

「それができないのだ」アハブはいい張る。「わたしにはむしろ、きみたちは逃げようとしていると感じられる。そうじゃないのか？」

ナンドゥル・カームは黙りこんだ。

「きみたちは恐いんだ」アハブはつづけた。「それに、自分たちの安泰が大事なんだろう」

「いま、われわれは自分のことで精いっぱいなんだ！」ナンドゥル・カームは憤慨した。「なんなら証明してやってもいいぞ！」

「きみの証明なんぞ、くそくらえだ！」キャプテン・アハブは声を荒らげた。「きみたちには動機がたりないだけだ。天の川銀河で富がきみたちを待ち受けていることを、信じてないんだな。きみたちグラドのことはお見通しだ！　なにを手にするかわかったら、猛スピードで天の川銀河にすっ飛んでいくことうけあいだ」

「そんなこと、きみにわかる……」ナンドゥル・カームはいいかけたが、アハブが強引にさえぎった。

「ほれ！」と、アハブ。「これを受けとれ……あつかいには注意しろ。とても危険だから」

ナンドゥル・カームはアハブの警告を真剣に受けとめ、受けとった物体をあわててテーブルの上に置いた。そしてその物体をしげしげと眺めた。

かれが見るかぎり、それは武器で、放射体のようだった。だが、とても小型で、かわいらしいくらいの物体だった。重さもほとんど感じない。

「そんなおもちゃで、どうしようというんだ」ナンドゥル・カームにはわけがわからない。

「おもちゃだと？」キャプテン・アハブは大笑いした。「このおもちゃを手にすれば、きみは敵なしも同然だ。見てろ！」

最初の瞬間、ナンドゥル・カームはアハブがなにをたくらんでいるのか、わからなかった。だが、すぐにかれは激怒の叫び声をあげた。

キャプテン・アハブは気にとめなかった。

かれは武器を、本日のテーブルの主役、堂々たる芳醇《ほうじゅん》なロースト肉に向けると、引き金をひいた。

ところが、なにも起きなかった。銃声もなく、風切り音もなく、光線もない。武器が作動したことがわかる、そのほかの現象もなかった。

それなのにロースト肉は、なにが起きたかを明らかにしめしていた。

突然、肉はぺしゃんこの憐れな姿と化した。ちっぽけなクッキーのようだったが、それは石のように硬く、もとの肉の重さがあった。

「ほれ見ろ！」キャプテン・アハブは勝ち誇ったようにいった。「あっけにとられたか？　こんなの見たことないだろう？」

ナンドゥル・カームは肉を見つめていた。

このイワトビカモシカはみずから狩猟したものだった。数週間前のことだ。医師に、一度しっかり休養をとるよう厳命され、狩りに出かけたのだ。山に入り、二日をかけて群れを探し、若いオスを一頭、群れから引きはなしたのだ……イワトビカモシカは、群れでいるところを安易に仕留めたりはしない。この動物はとても繊細だから。銃声と仲間の死に驚いて群れ全体がパニックにおちいり、その場から逃げ出そうとして落下し、死んでしまいかねないのだ。

ナンドゥル・カームは若いイワトビカモシカを何時間も追った。険しい岩場を横切って。しぶきをあげる滝でずぶぬれになり、氷のように冷たい風に崖《がけ》の下まで吹き飛ばされそうにもなった。獲物を収容するのも命がけだった。それが終わると、こんどはやはり命がけでハーブを摘んだ。これはイワトビカモシカをおいしく食べるのに欠かせない。かれは獲物を手ずからさばき、肉をハーブやさまざまな調味食材とともに漬けこんだ。これでようやくロースト肉はやわらかくジューシーになり、ふくよかな香りをまとう……アイシュラン＝ホでもっとも高いレストランでさえ、賞味できない絶品料理だ。なぜなら、職業狩猟者によるイワトビカモシカの狩りは、何世紀も前から禁止されているから。その最後の群れが、カーム一族に属する地域に生息していたのだ。

それがいまはどうだ！

ロースト肉とは似ても似つかぬ、とても食えないしろものだ。丹精こめてつくった一皿がだいなしになった。

「大ばかものめが！」ナンドゥル・カームは歯ぎしりした。「なぜこんなことをした？」

キャプテン・アハブは面食らった。かれは感嘆の声を予想しており、まさかこんな反応が返ってくるとは思っていなかった。

「どうしたっていうんだ？」かれはいぶかしそうに訊ねた。

「肉だ！」ナンドゥル・カームは叫び、まずそうな物体を指さした。

「新しいのを買ってやるよ！」キャプテン・アハブは気前よく約束した。

「新しいのだと……」

ナンドゥル・カームは憤慨のあまり声も出なかった。

「たかが肉ごときでなにを大騒ぎしているんだ！」アハブは語気を強めた。「なにが起きたかわからなかったか？　こんな武器はこれまでなかったんだ！　まあ、見てみろ！　有効範囲は自由に変えられる。このちいさなもので、最大で五十名の攻撃者を一撃でかたづけられるんだ。有機物にも無機物にも作用する。もっと大口径のもあるぞ！　その威力を想像できるか？」

「威力というなら」ナンドゥル・カームは侮蔑するようにいった。「わたしはあの肉を返してほしい。この武器の作用をもとにもどすことはできないのか？」

キャプテン・アハブは返事をためらった。

「それは無理だ」ついにかれは認めた。「こいつはとてつもない重力ショックを発生させる。有効範囲はとてもせまいけどな。理論的にはこの作用をあとから打ち消すことができるんだが……たぶん、やっても意味がない。すくなくとも、この肉の場合は」

ナンドゥル・カームの予想どおりの答えだった。怒りに燃えた目で、たてがみを逆立てて、キャプテン・アハブと武器と肉の残骸を交互に眺めた。

「この武器は大きな危険を冒して手に入れたのだ」アハブは好機とばかりに語りはじめた。「天の川銀河には数あるもので、サイズも豊富だ。この武器ですら、ほかの多くの武器とくらべればおもちゃにすぎない。あそこの侵入者は局部銀河群のどの住民よりも、技術面ではるかにすぐれている」

ナンドゥル・カームはため息をつき、だめになった肉へのこだわりを、しぶしぶわきに置いた。

「まあ、いいだろう」かれはつぶやいた。「きみのいうことは信じる。だが、もしそうだとすれば、その侵入者には近づかないほうがいい。そんな武器を宇宙船に向けられたらどうなるか、想像するだに恐ろしいからな！」

キャプテン・アハブにはこの見解がよほど愉快だったらしく、大声で笑いだした。

「心配するな」と、アハブ。「きみたちにはなにも起きないようにするから。もちろん、多少の損害はあるだろうが、われわれが力を合わせればかならず打破できる。いつ参戦できるんだ？」

ナンドゥル・カームは内心、ぎょっとした。

「そうかんたんには、いえないんだ」かれは責任逃れの返事をした。「円卓会議で話し合わないと。専門家の意見を聞く必要もあるし……」

「いつだ、と訊いているんだ」キャプテン・アハブは冷たい声だった。

ナンドゥル・カームは、なんとかいい抜けようと心のなかでもがいていた。まるで熱い石の上のミミズのように。

「その武器を譲ってくれ」とうとう、かれは切り出した。「円卓会議で見せてみよう。だが、効果はないかもしれない。われわれは、天の川銀河の友を助けるというきみの計画には賛成している。ただ、その友が、本当にわれわれの助けを望んでいるという確信がほしい。ギャラクティカーのうらみを買うようなまねはしたくないのだ。理解してもらえるとうれしいが」

キャプテン・アハブは理解したようには見えなかった。

「われわれを納得させるかんたんな方法がある」ナンドゥル・カームは毅然としてつづけた。「ペリー・ローダンと話をさせてくれ。かれがきみの言葉を正しいと認めれば、われわれはもう異議を唱えない！」

キャプテン・アハブはグラドをじっと見た。そのまなざしは、ナンドゥル・カームが毎朝、体重計の表示を見るときの目つきに似ていた。

「ローダン……」アハブはゆっくりした口調で確認する。「きみは本当にかれと話がしたいというのか？」

「そうだ！」ナンドゥル・カームは断言した。

「かれが重要人物だと知っているのは、きみやわたしだけではない」アハブは強く警告した。「天の川銀河の侵入者は当然、かれがだれか、ギャラクティカーにどんな影響力を持っているかを知っている。かれのために安全なかくれ家を見つけるだけでも大変だったんだぞ。きみのためにかれを危険にさらすわけにはいかない」

「わたしはかれに会いたいんだ！」

「それが、かれを死に追いやるとしてもか？」

「かれなら自分でなんとかできるだろう」

「侵入者がかれを追っている。それだけじゃない！　ハウリ人もカンサハリヤのメンバーも、かれがまだ生きていると知ったら、すぐさまかれを捕らえようとするだろう」

「われわれグラドは、その情報をかれらにもらしたりしない」ナンドゥル・カームはかたくなだった。

　キャプテン・アハブはため息をついた。

「そんなリスクは、わたしにはとても負えない」かれはいった。「だから、きみにぜひとも考えなおしてもらいたい。ペリー・ローダンは……」

「ペリー・ローダンは行方不明か死んでしまったんだ」ナンドゥル・カームは、いいかげんにこのやりとりを終わらせたかった。「かれがまだ生きているかどうかはだれも知らないし、だれもかれと接触していない。きみだってそうだ」

　スプリンガーは怒りで顔色が変わった。

「きみにそんなことをいう権利はない！」かれは声を荒らげた。

「いや、あるさ！」と、ナンドゥル・カーム。「それが真実だからだ。きみはわたしがペリー・ローダンと話をするのを仲介できない。それは、かれがどこにいるのか、きみは知らないからだ。きみは嘘つきだ、アハブ！」

　すこしのあいだ、沈黙がつづいた。ナンドゥル・カームは突然、不安を感じた。アハブはかれよりはるかに体格がいい。それだけではない。かれはまだ、あのちいさい不気味な武器を手にしている。ナンドゥル・カームは丸腰だった。

　キャプテン・アハブはしばらくグラドをにらみつけていたが、やがて心を決めたようすをみせた。

　そして銃口が動いた。いっかんの終わりだ、とナンドゥル・カームは心のなかで思った。撃たれたらどんな姿になるのだろうか。たぶん、あのロースト肉の末路とたいした違いはないだろう。あんなにおいしそうだったのに。

　ところが、アハブは武器を低いテーブルに置いて立ちあがった。

「キャプテン・アハブを嘘つき呼ばわりさせるものか！」かれはぞっとするほど冷静で、いつになく危険にみえた。「きみは疑り深いおろか者だ、ナンドゥル・カーム。そんなやつと取引するのはわたしの主義に反するが、今回ばかりはしかたがない」

　アハブが深く息を吸うと、ナンドゥル・カームは身をかくすように、クッションの奥へとあとずさった。不安で震えながら。アハブはそれを見て楽しんでいるように見えた。

「もういい」アハブはさげすむようにいった。「ペリー・ローダンに会うがいい。話もさせてやる。そのかわり、きみにその厚顔無恥を詫びてもらうからな。だが、きみに警告しておく。おろかなきみのせいでローダンになにかあったら、ただじゃおかない。この宇宙の果てまで、いや、その先までも追っかけてやるからな！」

　アハブは背を向け、立ち去った。

　ナンドゥル・カームはしばらく動くことさえできなかった。もちろん、だれかを呼ぶことも。催眠術にかかったように、アハブが立ち去ったドアを見つめていた。

　だんだんと、かれはおちつきをとりもどした。

　そっと身を乗りだすと、しばらくのあいだ、アハブがのこしていったちいさな、あぶないおもちゃを眺めていた。

かれは深呼吸をし、武器をふところにしまうと部屋を出た。のこりのごちそうに見向きもせずに。どうせ食欲など、どこかに消え失せていた。

# 7

科学者のタッカルーアはずっしりした金属の塊りをしばし見つめると、ナンドゥル・カームが奇妙な武器を操作するようすをじっと眺めていた。

「きみは自分がなにをしているのか、わかってるんだろうな」タッカルーアは怪訝そうにつぶやいた。「わたしの時間はかぎられていることも忘れないでくれ。こなしきれないほどの仕事をかかえているんだ」

「心配するな」と、ナンドゥル・カーム。「これはきみにとっても、一見の価値があるはずだ」

かれは引き金をひいた。

音はせず、閃光はなく……なにも起きなかった。しかし、金属の塊りは突然、豆粒ほどの大きさと化した。

タッカルーアはたてがみを揺らし、目をぱちくりさせた。かれはこの未知の武器をナンドゥル・カームの手から慎重に受けとると、次の金属塊に狙いを定め、引き金をひいた。予想どおりの結果になった。

「まあ、この手法は」タッカルーアは冷静だった。「まったく新しいというわけではない。重力兵器はすでに存在するし、わたしたちもだいぶ前から重力室で、ありとあらゆる材料を濃縮し、圧縮させてきた」

「それとこの武器とは、方法が違うだろう！」と、ナンドゥル・カーム。

そのとおりだった。タッカルーアもそれは認めざるをえない。

「とはいえ」と、タッカルーア。「こんなちいさな武器ではたいしたことはできないな。同じ武器でももっと大きなものがあれば……」

「これに対抗するすべは、カンタロにもないんだぞ！」ナンドゥル・カームは叫んだ。

われこそはグラドの救い主だと、かれは感じはじめていた。

「それは定かではないな」タッカルーアははねつけた。「もっと疑いの目を持つべきだ、ナンドゥル・カーム！」

「疑いの目だと！」ナンドゥル・カームは腹を立てた。「きみはたんに、この武器の作動原理を見抜けそうにないから、そんなことをいってごまかしてるんだ！」

「ごまかす必要もないさ」と、タッカルーア。「第一に、この武器の内部機構を見るのはきっと無理だ。第二に、たとえそれができたとしても、そこから得た知見を実用化するまでには、おそらく何年もかかる。第三に、その武器にカンタロがどう反応するかは、それで攻撃してみなけりゃわからないだろ。カンタロのことだ。この武器に対してもきっと対応策があると思うぞ」

「ばかいえ！」ナンドゥル・カームはいった。かれは、自分のめずらしく前向きな考えを打ち破られたくなかった。「きみは年よりの悲観主義者だ」

タッカルーアは意に介さない。かれとナンドゥル・カームは、幼いころからの旧知の仲だった。

「きたない武器になるだろうな」圧縮された金属塊を調べながら、タッカルーアはつぶやいた。

「きたなくない武器などあるか」ナンドゥル・カームは苦々しげにいった。「じゃあ、みすみす殺されるのを待てというのか？」

「きみはまもなく、調査に出るそうだな」タッカルーアは、さいころ状に圧縮された金属にありとあらゆる計測手段をあてがいながら、つぶやいた。「こんな時期に、それは賢明か？」

「賢明ではないだろう。できればここにいたいさ。アイシュラン＝ホにいればなんでも把握できる……《マッセンジ》であちこち飛びまわるより、ここから調べるほうがよっぽど有益だ」

「つまり、すすんで行きたいわけじゃないのか」

「そうだ。じつはこの惑星の外のあるコロニーに問題があってな」

「ビッダヤムのことか？」

「もう話がひろまっているのか？」

「そうはいわないが」タッカルーアは思案顔だ。「きみたちが必死で外にもれないようにしているのはわかる。あのおろか者たちは本当に、よりによっていま、独立したがっているのか」

「ビッダヤムの移住者たちのわがままは、いまにはじまったことじゃないが」と、ナンドゥル・カーム。「かれらはとにかく、われわれとの関係を断ちたいんだ。そうすれば、この戦争の混乱はかれらの惑星を通りすぎてくれると期待している」

「そんなの無意味だろ」と、タッカルーア。

「そうなんだ」ナンドゥル・カームは冷静に答えた。「移住者たちにまず、それをわからせないと。きみ、いまなにをやってるんだ？」

「ためしに……」

「伏せろ！」ナンドゥル・カームは叫ぶと、タッカルーアに体当たりしていっしょに床に倒れこんだ。かれはタッカルーアがなにかに考えを集中していて、反応が遅れることを危惧したのだ。

「なにを……」タッカルーアは息巻こうとした。

だが、それどころではなくなった。

青白い閃光が一、二秒間、実験室全体にひろがった。まぶしさにふたりは目を伏せ、観念して爆音を待った。そうするしかなかったのだ。ドアは遠すぎるし、逃げる時間もなかった。

しかし、爆発はなかった。

両グラドはためらいながら頭をあげたが、ほとんどなにも見えなかった。目の前にたちこめた青い霧のなかから、ゆっくりと実験機器の輪郭があらわれた。

「なんだったんだ？」ナンドゥル・カームは驚いてささやいた。「きみの実験のどれかが暴走したか？」

「そんなはずはない」と、タッカルーア。「おい、きみのすばらしい武器が消えたぞ」

「なんだって？」

ナンドゥル・カームにはそれが信じられなかった。唖然として、キャプテン・アハブの贈り物を置いた作業台の上を見つめた。

ふたりは実験室じゅうを探しまわった。なにか見つかるとも思わなかったが、せめて探してみようと思ったのだ。

武器はあとかたもなく消えていた。まるでなにもなかったかのように。

この武器がきっと、みずからを消したのだろう。

ナンドゥル・カームとタッカルーアは得るところなく立ちつくし、目を見あわせた。言葉が見つからなかった。

「かれはきみをだましたんだ」しばらくしてタッカルーアが口を開いた。

「そうだな」ナンドゥル・カームは思考がなかば麻痺した状態で同意したが、まだいい終わらないうちに、猛烈な怒りがこみあげてきた。

「かれは信用ならないと、最初からわかっていたんだ」かれはつづけた。「だが、そのわたしでも、かれがこんな卑劣なことをするとは思わなかった」

「これではっきりしたな」と、タッカルーア。「かれはもう、きみに連絡してこないだろう。あのすごい武器のことも忘れよう。わたしはまた、自分の仕事に専念するよ。きみもビッダヤムにせいぜいゆっくり行ってこい」

「ゆっくりか」ナンドゥル・カームはゆっくりとくり返した。「ときどき、きみは本当にユーモアのセンスが悪いな」

＊

ゆっくり行ってこい！

ナンドゥル・カームはそれに抵抗した。

「宇宙船はどれもみな、なくてはならない状況だ！」かれはザディル・コーアにいった。

「だからこの護衛船は引きあげ、本当に必要なところへ派遣しよう」

「だが、円卓会議のメンバーもみな、なくてはならない存在だ」ザディル・コーアは応じた。「護衛船はのこす」

「わたしの《マッセンジ》は……」

「きみの《マッセンジ》は足どめされた」

「なぜだ？　わたしの船になにが起きた？」

「なにも起きていない。すべて順調だよ。より道をしないといけないだけだ。航行中に事故にあったグラドを数人、迎えにいくために」

「そうか、ならば待つことにする」

「なにをいっている！」ザディル・コーアはいった。「ビッダヤムからの最後の報告は、かなり不穏だった。カンタロの船があの宙域で目撃されたからな。移住者は混乱状態だ。自分たちがグラドでないことをしめすためなら、グラドの船をかたっぱしから攻撃しそうな勢いだ」

「かれらはもう、助けようがない！」

「それはどうかな。きみは《パリーラ》で飛んでくれ」

「は？　あのスクラップの山で？」

「修理ずみだ。それにきみには護衛船がついている」

ナンドゥル・カームはため息をついてあきらめた。

もちろん、ザディル・コーアがかれに命令することはできない。ふたりとも円卓会議のメンバーで対等な立場だ。だが、今回の問題は議論の余地がない。それを議論したところで、なんのなぐさめにもならなかった。

そういうわけで、ナンドゥル・カームはいま、《パリーラ》にすわっている。かれは当然、このクズ船の指揮官、ケラナーよりも高い権力を有するわけだが、ここではただの一乗客にすぎなかった。

《パリーラ》はハウリ人に攻撃された。そのとき、当時の指揮官はほかのグラドの船の救助に駆けつけていた。その船は助けられなかったが、《パリーラ》は難を逃れた。そのさいに船の外観がはげしく損なわれたのだ。先入観なく船を見れば、きっとだれでも、この船は宇宙を航行するよりも、スクラップ場にあるほうがふさわしいと思うにちがいない。

ナンドゥル・カームはこのクズ船でビッダヤムに上陸するはめになり、不吉な予感をおぼえた。多少はまともに見える搭載艇が見つからないかと願った……《パリーラ》になければ、護衛船に。ちいさくても無傷の船なら、すくなくともこの高さ五百メートルものクズ船よりはいい印象をあたえるだろう。

ナンドゥル・カームはできればこの作戦を、ただちに中断したかった。自分は災難へとまっしぐらに進んでいる。いやにはっきりと、そう感じられたからだ。

さいわい、いまのところなにも起きていない。《パリーラ》はあちこちから、きしむ音やがたつく音が聞こえてくるものの、航行にぜったいに欠かせない機器は問題なく機能していた。

ナンドゥル・カームのいや増す不快感の元凶は、まともな食べ物がないという事実だった。巨大な《パリーラ》のどこを探しても見つからない。あるのは凝縮口糧だけだ。これがかれは大嫌いだった。

《パリーラ》のエンジンはそこそこ順調に作動していたが、過度の負荷はかけられないため、船は短い間隔でくり返し通常空間にもどる必要があった。そのため、アイシュラン＝ホから二百十光年しかはなれていないというのに、ビッダヤムへの航行は大幅に長引いた。

ナンドゥル・カームは司令室にいることを好んだ。キャビンで数々の不穏な物音を耳にしながら無為にすわっているのはいやだったし、豊かな食事で気を紛らわすこともできなかったからだ。

司令室にいればすくなくとも、このクズ船からとうとう逃げ出すことになったときに、タイミングを逃さずにすむ。

ずっとなにも起きなかった。ときおり宇宙船を探知したが、《パリーラ》に危険をおよぼすには距離がはなれすぎていた。しばらくたったあるとき、船がふたたび通常空間にもどると、そこにはこの船を待ち受けるものがあった。

# 8

ナンドゥル・カームはすぐに、これは噂に聞く宙賊にちがいないとわかった。見たことのない不気味な外観の船が、まっすぐに《パリーラ》に近づいてくる。細長い船で、断面は平たく幅のひろい六角形だった。だが、この宇宙船でもっとも目を引くのは、その色だ。胴体全体に描かれた黄色と黒のななめの縞《しま》模様が、見る者に不安を感じさせた。

ナンドゥル・カームは、これほど軽快で洗練された動きをする宇宙船を見たことがなかった。奇妙な魚のように、この未知の船は《パリーラ》に突進してくる。

「撃て！」ナンドゥル・カームは無意識に叫んだ。「なぜ撃たないんだ？」

「撃てません」ケラナーは冷静に応じた。

「なぜ撃てない？」

「兵器の半分はエネルギー切れで、あとの半分は使いものになりません」

「そんな……」

ナンドゥル・カームは口先まで出かかった悪態を飲みこんだ。

いっても意味がないからだ。なにか策を講じるには遅すぎた。その頭のなか

かれは催眠術にかかったように、未知の宇宙船をじっと見つめていた。その頭のなかには、かれが調べたあらゆる報告の内容が浮かんでいた。

宙賊は撃つことはないだろう……すくなくともいまは。襲撃のこの段階で宙賊がもし撃ちはじめたとしても、獲物の武器を使用不能にするだけだ。

襲撃した船が無力になると、すかさず突入部隊が乗りこんでくる……みな、分厚いロボットスーツを着用し、その正体は謎だ。かれらは宇宙船をすみずみまで漁り、すこしでも価値のあるものをくまなく探し出す。そしてすべてを運び去り、生存者がしばらく生きながらえるのに必要な空気、水、食糧しかのこさない。

それでもナンドゥル・カームは、宙賊が殺人をおかしたという話は聞いたことがなかった。被害者はなすすべもなく置き去りにされ、大半は見つけ出されている……被害者をすべて捜索できたかどうかは確認できないが。この時代、マゼラン星雲の宙域には大破した船が数多くあり、ひとつひとつ調査して犯人を突きとめる時間はなかったから。

ナンドゥル・カームは宙賊に対してどうふるまうべきかを考えていた。マッセンジ円卓会議のメンバーであることは、ぜったいに知られてはならない。カーム一族に属することも。それをかれらが聞きつけたら、おそらく自分は拉致《らち》されるだろう。《パリー

ラ》は戦利品として不充分だが、ナンドゥル・カームならアイシュラン＝ホでいい金になる。

かれは職位をしめす金鎖の首掛けを、そっとはずした。すわっているかれの目の前には計器コンソールがあり、その下端と床のあいだにせまい隙間があいていた。

ナンドゥル・カームは首掛けを床に落とし、靴のつま先でその隙間に押しこんだ。かれが下を向いていたそのときだった。突然、目の端に刺すような閃光を感じたのだ。

かれは驚き、目を閉じて息をこらした。

宙賊が撃ちはじめたのだ。かれらは《パリーラ》のみすぼらしい見た目を信じてくれなかったようだ。

《パリーラ》はひどい損傷を受け、かろうじて分解をまぬがれている状態だった。これ以上、一発でも命中したら、まちがいなく持ちこたえられない。

ナンドゥル・カームの周囲でグラドたちが叫び声をあげていた。かれは叫びはしなかった。

恐怖の時間がしばらく過ぎたあと、かれは妙なことに気がついた。叫び声がなぜこんなに長くつづくのだろう？　弾が命中して船が揺れた気配もなかったのに。

おかしい……叫び声が、まるで勝利の雄叫《おたけ》びのようだ！

ナンドゥル・カームは目を開けた……ちょうどそのとき、複数のエネルギービームが未知の船の船尾をとらえ、猛烈な炎があがるのが見えた。

宙賊は敗北した。まちがいない。その船は操縦不能になり、船体の一部がまだ無傷なのが奇蹟に近いありさまだった。

《パリーラ》の護衛をつとめるグラドの宇宙船が近づき、戦闘があった場所のまわりを警戒しながら旋回する。

護衛船はもう、さほど警戒する必要はなかった。未知の船はもはや、防戦もできない状態だったから。

*

「見ないほうがいいぞ」タッカルーアは強い口調でいった。「あそこはひどい光景だ。なんでそんな場所にわざわざ踏みこむんだ？」

ナンドゥル・カームは答えなかった。かれはタッカルーアを押しのけ、あらゆるツールを装備してエアロックに向かうグラドについていった。

タッカルーアは心配そうにナンドゥル・カームのあとを追い、説得をつづけた。

「いいかげんに黙れ！」エアロックに着くと、ナンドゥル・カームはいった。「わからないのか？　わたしはあの宙賊がだれか知りたいんだ」

「あそこにまだ生存者がいるとは思えない」タッカルーアは言葉を選んだ。

「それは残念だな。でもわたしの考えは変わらない」

タッカルーアは意味ありげに咳ばらいをした。

「真空曝露が発生したんだ」かれはいった。「あそこで遺体を発見しても、身元の確認はむずかしいんだよ、ナンドゥル・カーム」

「それを見るのは、はじめてじゃない」ナンドゥル・カームは冷静に説明すると、エアロックのなかに入り、ハッチを閉じた。

かれはタッカルーアの悲観論にくみしなかった。

宇宙賊は《パリーラ》に乗りこむ準備ができていた。だから、かれらはたぶんすでにロボットスーツを着用していた。スーツのなかなら、かれらは真空に耐えられる。

未知のハッチの操作もさほど問題はなかった。エアロックが圧力差を調節していれば、理論的には内側ハッチの向こうには呼吸可能な空気があるはず。

そう、呼吸可能な……いったい、だれのために？

一行はヘルメットを閉じたまま、分析結果を待った。結果は良好だったが、ヘルメットを開けるのはひかえることにした。

内側ハッチをスライドさせると、やわらかい光が照らすひろい通廊が見えた。通廊は宇宙船にしてはあまりにみごとなしつらえだった。床には豪華な絨毯《じゅうたん》、壁には絵画が飾られ、燭台《しょくだい》型の照明がほのかにきらめいていた。

心地よい眺めだった……もし、色とりどりの絨毯の上に倒れた何名かの姿がなかったならば。かれらが着ている分厚いスーツを、ナンドゥル・カームは報告で見たことがあった。だれひとり動かない。

「気をつけて！」グラドのひとりがささやいた。「きっとたんなる策略ですよ。かれらは死んでいないかもしれない。船体のこの区画は無傷のようなので」

ナンドゥル・カームは絨毯と照明を注意深く見た。次に、倒れているひとりにゆっくりと近づいた。

この未知者は何者なのか？

目の前のひとりを足でつついたが、反応はなかった。

かれは身をかがめ、漆黒のグラシット製ヘルメットの奥にある、未知者の顔を見ようとした。すると、グラドたちがひそひそとささやき合い、ふたりの宙航士が歩みよった。

「待ってください」ひとりがいった。「わたしにやらせてください！」

ナンドゥル・カームは快諾した。もう、ここに危険はないと思ったからだ。

それでも未知者への関心から、かれはグラドがヘルメットを開けるようすをじっと見つめていた。

「妙なかたちの留め具だ」ヘルメットを調べ、グラドはいった。「だれかこんなのを見たことがあるか？」

だれも返答しなかった。

ヘルメットを開けるのは難航したが、ようやく開いた……そのとき、あるはっきりした音が響いた。

かちりと音がして、ヘルメットが横に倒れた。

だれもが言葉を失い、眼下にあらわれたものをじっと見つめた。

それは頭を守るヘルメットではなく、頭とヘルメットが一体化していたのだ。

ナンドゥル・カームが沈黙を破った。

「これはロボットだ。この船の宙賊はみなロボットだったんだ」

「カンタロだ！」だれかがいった。カンタロは半有機体で半ロボットだという噂があったからだ。

グラドは以前からカンタロを恐れていた。その名は警告のようにグラドの頭に鳴り響き、数人の宙航士が逃げ出そうとした。

「待て！」ナンドゥル・カームは冷静に命じた。「ここはカンタロとはなんの関係もない。本当の宙賊はだれか、わたしにはもうわかっている。ロボットはただの道具だ。何者かに制御されていたが、制御不能になった……たぶん、われわれの護衛船が攻撃したときだろう。だから、ロボットはわれわれに手出しはできない。恐れる必要はないぞ」

グラドはばつが悪そうだった。不安でとり乱したことが恥ずかしかったのだ。

「本当の宙賊を見つけてやろう」ナンドゥル・カームはつづけた。「この船のどこかにいるはず。そいつは手先のロボットとは違って生命体のはずだ。今回の攻撃で命を落としたかもしれないが、われわれにかれの死を悼む者はないだろう。だがわたしは、かれは死んでいないと思う。もしかれが生きていたら、危害をくわえないようにしてほしい。わかったか？」

「もし、かれが攻撃してきたら？」ひとりが訊ねた。

「そうしたら防戦する……だが、致命的な武器は使わないでくれ。かれを戦闘不能にすれば充分だ」

ナンドゥル・カームはみなの表情から、自分の指示に納得していないのがわかった。かれらは宙航士で、宙賊がこれまでしてきたことを知っている。

この宙賊は、みずからの手で犠牲者をあの世に送る、という意味での殺人はおかしていない。しかも、大破した船のグラドがハイパー通信で助けをもとめられるようにした。だが、その助けを呼ぶ声が、いまの時代にはあまりにも容易に、味方だけでなく敵のアンテナでも傍受されてしまうことを、かれは熟知していたはず。

ナンドゥル・カームもそのことを知っていた。宙賊の問題に長らくとり組んできたかれは、犠牲者の数も、だれよりも正確に知っている。

「行くぞ」かれは力強くいうと、先に立って進んだ。

＊

奇妙な宇宙船だった。すくなくともこの区画は、船というよりも宮殿にいるような感じがした。重厚なカーテンでかくれたドアの向こうに、豪華なキャビンがあった。高級な絨毯、すばらしい絵画、どこかの異星の芸術品……ここにあるのは、極上のものばかりだった。

もちろん、それらはすべて掠奪品にちがいないが、だれかが選《よ》り抜いてこの部屋にしつらえたはずだ。

それはロボットではありえない。だが、この船に住む有機体の手がかりは、まったくつかめない。

豪華なキャビンの端にあるハッチは開かなかった。グラドは非常用ハッチを設置し、宙賊船のあまり豪華でない区画に出た。

ここは予想どおり、簡素で機能的だった。短い通廊を通り抜けると、ホールに出た。そこには床から天井まで、ラックがびっしりならんでいた。その大部分にはまだ収納物が置かれたままだ。宙賊が掠奪行為に利用したロボットも、ここに収容されていた。

最前列のロボットの一体がかすかに動いた。ロボットは頑丈な金具でラックに固定されており、ラックから出ようとしている。ナンドゥル・カームは、宙賊の秘密を探る絶好の手がかりになると感じ、急いで近づいた。

ところが、かれの同行者のほうが一足早かった。エネルギービームがかれの横を通りすぎ、ロボットを破壊したのだ。

「だれがやった？」驚きがおさまったのち、ナンドゥル・カームは憤慨して訊ねた。

「わたしです」宙航士のひとりが誇らしげにいった。

「名前は？」

「アリッサーです」と、かれは告げ、胸をたたいた。みずからの行為が、胸に勲章を授かるに値いすると示唆するかのように。

「きみはただちに《パリーラ》にもどれ、アリッサー！」ナンドゥル・カームは命じた。

「ケラナーに連絡し、きみは懲戒拘禁になったと伝えろ！」

当惑した沈黙がひろがった。

「船内ではさし迫った危険がないかぎり、撃つんじゃないぞ！」アリッサーが立ち去ると、ナンドゥル・カームがきびしい声でいった。「よくおぼえておけ！」

一同はホールをくまなく捜索し、ハッチをいくつも開け、とうとう司令室を発見した。適切な安全対策をして、そのハッチを開いた。

ナンドゥル・カームが最初に目にしたのは、ある人影だった。とてもちいさい人影だ。見おぼえがあった。

かれはほかの者に、後方で待っているよう合図した。そしてゴンタセトの上に身を乗りだした。

この侏儒が本当にアルコン種族なのか、かれにはまだわからなかったが、いまは重要ではない。ゴンタセトは死んでいたのだ。制御コンソールのすぐ前に倒れていた。最後の力をふりしぼり、何体かのロボットを出動させて船を守ろうとしたようだ。それはかなわなかった。

「これが宙賊ですか？」宙航士のひとりが訊ねた。

「いや、違う」ナンドゥル・カームは冷静に応じた。

かれは自分自身に問いかけた。キャプテン・アハブはこの侏儒に、どのような価値を認めていたのだろうか？

ゴンタセトはどんな役割をはたしていたのか？　なぜ、アハブはよりによってこの侏儒を、メッジャーロでの交渉の前面に立たせたのだろう？

ゴンタセトはいったい、何者だったのか？　アハブの腹心の部下か、仲間か、パートナーか……いや、もしかすると、やはり宮廷道化師のたぐいだったのだろうか？

ナンドゥル・カームはこの疑問は解けないだろうと、うすうす感じていた。

同時にべつの疑問がかれの頭に浮かんだ。

アハブはスプリンガーのある氏族の長だと、かれは報告で読んだ。スプリンガーは……

…選択の余地さえあれば……同族の者しか信用しないのがつねだ。ロボットを使うことはあっても、キャプテン・アハブのような使い方はしなかった。それに、スプリンガーが重要な取引で、ゴンタセトのような男に代理をつとめさせることは考えられなかった。

アハブの氏族はどうなったのだろう？

ナンドゥル・カームは自分にいい聞かせた。キャプテン・アハブとその従者のことで頭を悩ます理由はない、と。この氏族のほかの族員もおそらく、時代の混乱に乗じてせっせと宇宙船や惑星を襲撃し、掠奪していることだろう。もしかすると、かれらはこの船内のどこか安全なかくれ場にひそんでいるかもしれない……この船の残骸はまだ充分な大きさがある。

しかし、アハブ自身はどこにいるんだ？　かれは結局、船内にはいなかったのか？

ナンドゥル・カームはこの可能性を否定した。なんとなく、アハブが自発的にゴンタセトからはなれることはないという気がするのだ。このちびがいるところには、アハブもそう遠くないところにいるはずだ、と。

「捜索をつづけよう」ナンドゥル・カームはきびしい声でいった。「あの宙賊をなんとしても捕まえてやる！」

一同は司令室を出た。《パリーラ》からべつのグラドたちもやってきた。いくつかのグループにわかれ、船を丹念に捜索する。

掠奪品が置かれた倉庫が見つかった。見つけたもののなかには、グラドの船以外の品もあった。キャプテン・アハブはあちこちで掠奪行為にいそしんでいたようだ。

この倉庫の状況から、アハブにはべつに秘密の拠点があることも明らかになった。惑星なのか、宇宙ステーションなのか、べつのかくれ家か。とにかく、掠奪品を積みおろし、保管するために、かれがたびたび立ちよる場所があるはず。この船は大きいとはいえ、すべての掠奪品を長期に保管できるほどの大きさはない。

アハブは盗品をどうしているんだろう。ナンドゥル・カームは自問自答した。おそらく、それを売り飛ばして莫大なもうけが得られる惑星があるんだろう。それとも、ほかの秘密があるのか？

ナンドゥル・カームは、キャプテン・アハブは充分なもうけがあれば、どんな取引でもすると確信していた。かれならハウリ人でもカンタロでも、かまわず取引するだろう。

船のかなりの区画が捜索できなかった。もっと正確にいうと、すべてを捜索するには時間と労力がかかりすぎたのだ。

ナンドゥル・カームは時間に余裕がなかった。それでも、裏切り者のアハブをかくれ場から引きずり出すために必要とあらば、何日でも犠牲にしただろう。どんな犠牲をはらっても、かれはアハブを探し出したかったのだ。

だが、ナンドゥル・カームはこの大きな残骸の捜索で、貴重な時間をむだにする必要はなくなった。かれの怒りの対象が、自分から姿をあらわしたから。

＊

「エアロックまできてください」ケラナーが無線でもとめた。「あなたに会いたいという人がいます」

ナンドゥル・カームはそれがだれなのか、思いあたらなかった。

その男は、絨毯と絵画をしつらえた豪華なフロアに、とても憐れな姿で立っていた。

キャプテン・アハブだった。かれは投降したのだ。

かれにとってまったく慣れない状況だということが、そのようすに見てとれた。腰をかがめ、ほとんどしゃがんだような恰好だ。けがをしているようだったが、それをいおうとしない。グラドに助けを請うのは、かれのプライドが許さないのだろう。

ナンドゥル・カームにはその気持ちがわかり、怒りがややおさまった。それでもかれの憤慨は強く、アハブによりそう気にはとてもなれなかった。

「わたしになんの用だ？」かれはぞんざいにいった。

「きみに許しを請いたい」キャプテン・アハブはゆっくりといった。まるでかれの舌が、それを発するのを拒むかのように。

「いまさらなにを」と、ナンドゥル・カーム。「きみは大破した船や半壊したコロニーでも、平気で掠奪する宙賊だ。問答無用でいますぐ撃ち殺してやりたいところだ！」

「そんなことをしたら、きみは重大なあやまちをおかすことになる」アハブはいい張った。「なにが本当にここで起きているか、きみは知らないんだ」

「えらそうな口をきくな！」ナンドゥル・カームは怒ってはねつけた。「投降しても、まだそんないいぐさか。きみの嘘はもうたくさんだ」

「嘘だと？」キャプテン・アハブは激高した。

「そうだ、嘘だ。それとも、きみがペリー・ローダンとコンタクトがあるといったのは、嘘じゃないというのか？」

「わたしはきみたちに援護活動をしてほしかったのだ。そのためなら手段を選ばない。コスモクラートに謁見することだって約束しただろう。それがきみの関心を引くためのえさになるなら」

「では、きみはペリー・ローダンの居場所を知らないんだな？」

「だれにもわからない」アハブは暗い声でいった。「だがそれは、わたしがきみについた唯一の嘘だ……やむをえず使った方便なんだ。ナンドゥル・カーム、たのむ。きみの種族にいってくれ、天の川銀河の住民は助けを必要としていると！　現地は絶望的な状況だ。ギャラクティカーは、とても太刀打《たちう》ちできない敵に直面している。きみたちグラドが本当にギャラクティカーを助けられるかはわからないが、すくなくともやってみるんだ！　そうしなければ、きみたちもいつか、この敵に苦しむことになる……そのときは、きみたちも孤立無援だ」

ナンドゥル・カームは考えこみながら、アハブをじっと見た。

なにがかれを、このようなかたちで投降する気にさせたのだろう？

宙賊はあっさりかたづけられるのがつねだ。アハブもそれを知らないはずはない。かれは犯行現場を押さえられた……お情けは望めない。

一瞬、ナンドゥル・カームはキャプテン・アハブを信用しそうになったが、なんとか思いとどまった。

「われわれはきみを殺しはしない」かれはゆっくりといった。「だが、きみは置き去りにする。きみの被害者にきみがしたように。どうするかは自分で考えるんだな」

《パリーラ》のグラドたちは、それに同意しなかった。みな不満そうな目をし、多くは自分の武器を手にしてしきりに触りはしたものの、だれもナンドゥル・カームの命令にそむく勇気はなかった。

《パリーラ》が宙賊船からはなれると、船内の雰囲気は改善し、護衛船のグラドたちもすぐにおちつきをとりもどした。

適度にはなれた距離から見てはじめて、キャプテン・アハブの船がどれほどひどく損壊しているかがわかった。ほとんど航行不能、ハイパー通信不能……救いようのないクズ船と化していた。

　もっとも近い恒星系は五光年ほどはなれている。

　ナンドゥル・カームは憐れな船をじっと見つめ、できれば引き返したいと思った。アハブに特段、同情をよせる理由などないのだが……かれをあんなかたちで置き去りにするのはまちがっている。

　本当にまちがいか？

　ナンドゥル・カームは、突然わきあがった感傷的な気持ちをなんとかおさえた。キャプテン・アハブなら、この敗残も乗りこえるだろう。かれはそう確信した。あのスプリンガーはいつだって、厄介ごとから逃れるすべを見つけてきた。船に空気と水と食糧があるかぎり、かれはあきらめたりしない。それに、かれにはロボットがある。

　ナンドゥル・カームは決然と、頭のなかからキャプテン・アハブを追いはらい、この航行の本来の目的地、惑星ビッダヤムに集中することにした。

# 9

記録を見終えたとき、マッセンジにはすっかり夜のとばりがおりていた。外を見ると、海上でいくつかの火山島が鈍く赤い光を放っていた。

テトラン・カームは深いため息をつくと、沈黙を破った。

「ナンドゥル・カームは当時、キャプテン・アハブがすくなくとも別れのときには真実を述べていたことが、わかっていませんでした」かれはうしろめたさをにじませた。「もし、かれに自分が引き起こす結果を予想できていたら……。われわれが助けられたかもしれないのに」

ペリー・ローダンはゆっくり頭を振った。

「きみたちグラドは、勇敢で賢くすぐれた戦士だ」かれは外交的な表現を心がけた。「だが敵は、銀河系のどの種族もまったく歯が立たない相手だ。戦ってもむだだったろう。おそらくグラドが参戦したら、アハブのいう侵入者の注意を引くだけだった。そうしたらきっと、きみたちは痛い目にあっていただろう」

「そうかもしれません」テトラン・カームは考えこみながらつぶやいた。

「この記録のなかに公文書庫が出てきたが」と、ローダン。「そこには本当に、宇宙の出来ごとや遭遇したこと、発見したものに関するすべての報告が保管されていたのか？」

「そうです」

「その資料を見る手助けをしてもらえないか？」

「できないんです」

「どうしてだ？」

「公文書庫はもう存在しません」テトラン・カームはいいにくそうに伝えた。「すくなくとも、ナンドゥル・カームが訪れたときのかたちでは。かれの記録に、あの北極の島が地震に強いとありましたが、それは誤りでした。ナンドゥル・カームが死んだ数年後にあの島で大災害が起き、島も公文書庫ももう存在しません」

ペリー・ローダンは驚いて黙りこんだ。

なんでこうなるんだ、とかれは思った。もつれた秘密の糸を解きほぐす、救いの糸口がようやく見つかったと思ってそれを引くと、いつもはずれてばかりだった。

「ナンドゥル・カームがグベン・タイから受けとったメモキューブは？」かれは訊ねたが、その答えをすでに予想していた。

「それもありません」と、テトラン・カーム。ローダンの懸念は的中した。「探してみたんです。メモキューブはあなたたちにとって重要だとわかっていたので。残念ながら見つかりません」

「ナンドゥル・カームの資料のどこかに、メモキューブの内容がのこされていないか？」

「それもありません。かれはこの詳細な記録をのこしているのになぜ、グベン・タイの情報はないのか、疑問に思うでしょう。その説明はかんたんです。ナンドゥル・カームは天の川銀河の住民が本当に危険に瀕しているとは思っていなかった。だから、グベン・タイの報告は意味がないと判断した」

「この件に関する資料はパテンベにも、もう存在しないと思うか？」と、ローダン。

「それはわたしにはわかりませんが」テトラン・カームは冷静に答えた。「たとえ存在したとしても、あなたたちの利用は認められないでしょう」

　ペリー・ローダンはうなずき、考えこんだ。

　ここアイシュラン＝ホで、イホ・トロトのメッセージが見つかった。まだほかにも重要な情報が、利用されないまま、グラドの文書庫に眠っていることだろう。

　だが、グラドは銀河系のあらたな支配者を恐れ、ローダンたちをできるだけ早く厄介払いしようと必死だ。

そんなかれらの態度を、だれが責められよう。

ナンドゥル・カームとその同時代人たちがまだ、まったく不可能とみなしていたことを、グラドはほどなく、事実として受け入れざるをえなくなった。つまり、キャプテン・アハブがいう侵入者は本当に、銀河系を完全に隔離することに成功したのだ。なにも入れないし、なにも出られない。ハイパー通信の信号さえも。

そんなことをなしとげる敵と、はじめから見こみのない力くらべなどしないほうがい い……グラドはそう考え、それはおそらく正しかった。それに、グラドは銀河系とのコンタクトがなくても生きていける。かれらには、慎重な態度をとり、自分たちの安全をなにより優先することが許されたのだ。

それでもパテンベでの調査は、グラドの意に反してでも、やむをえなければ力ずくでも、強行する価値があったかもしれない。だが、それはローダンにはまだ、ためらわれた。

それによって得られるものが、他方で生じるまずい結果を甘受できるほど、大きいかどうかが疑わしかったから。もし強行すれば、グラドがかれらにまだ、いだいているかもしれない、好意の最後のかけらすら失ってしまうだろう。グラドを敵にまわすことになるし、おそらく、グラドを大きな危険にさらすことにもなる。

いや、そんなことはできない。調査はつづけよう……でも、ここアイシュラン＝ホではないところで。

ローダンはテトラン・カームに別れを告げ、《シマロン》にもどることにした。

その途上、ローダンはキャプテン・アハブのことを考えた。

グラドは、キャプテン・アハブという名の裏になにがかくれているかを知らないようだ。もし知っていたとしても、アハブに対してもっと警戒するだけだったろう。それどころか、敵意もあらわに、かれに立ち向かったかもしれない。

ギャラクティカーもその多くは、アハブ、通称ストーカーが突然、戦争崇拝に反対したとき、かれが真剣に反対していると信じようとはしなかった。かれは以前は銀河系における、戦争崇拝のもっとも有力な主唱者だったから。

ストーカーはつまり、大マゼラン星雲に姿をあらわしていたのだ……六百五十年以上も前に。

かれは本当に助けるつもりだったのだろうか？

そうかもしれない。だが、なぜかれはあんな下手なやり方をしたのだろう？

思うにかれはたんに、まっとうな手段をとる能力に欠けていたのではないか。

それはともかく、かれはきっと同盟者を探す場所も誤った。グラドはいくらその気になったとしても、銀河系の隔離を阻止することはできなかっただろう。

いや、そんなことはなかったのか？　もしかするとストーカーはかれらに、本当に武器を提供することができたのではなかろうか？　それも、未知の侵入者にさえ、恐れをおぼえさせるような武器を。

　アハブはどうなっただろう？

　ナンドゥル・カームの記録は、アハブの船を徹底的には捜索しなかったことをほのめかしていた。かれらは船の見かけを信じ、宙賊はお手あげ状態だと判断した。

　だが、もしグラドがそうかんたんに、あの男をやっつけられると思ったとしたら、かれらはストーカーのことをよくわかっていなかった。ストーカーはきっと、宇宙船をふたたび航行可能にし、安全な場所に逃げる手だてを見つけ出したにちがいない。

　とすると、かれはいまも生きているのだろうか？　そして、どこか遠くはなれた惑星でいまもなお、侵入者を追放し、ギャラクティカーを助ける機会をうかがっているのだろうか？

　ペリー・ローダンはこの考えをわきへ押しやった。ナンドゥル・カームの記録はかれの期待に応えるものではなかった。ほとんど新しい情報をふくんでおらず、そのかわりにあらたな疑問を数多く投げかけた。

　ローダンは、ようやくまた《シマロン》にもどると、深く息をついた。アイシュラン＝ホをはなれるときがきたのだ。

　離陸許可はとうに付与されている。招かれざる訪問者を厄介払いできて、グラドたちはよろこんだ。

《シマロン》はあらたな目的地へ向かった。

# あとがきにかえて

本巻から伝統あるペリー・ローダン・シリーズの翻訳メンバーに加わることになりました。どうぞよろしくお願いいたします。

ここ数ヵ月、読んでは訳すばかりの生活を送っており、あとがきに書くようなイベントごとも、なにかを調べる時間も今回ありませんでしたので、翻訳という仕事の話でも。

わたしはフリーランスの翻訳者で、これまでおもに実務翻訳、つまり簡単にいえば、書店に並ばない各種文書の翻訳をしてきました。

実務翻訳はわたしの経験からいうと、依頼が突然、いつでも入り、たいてい納期が厳しく、さらにドイツ語の場合はどんな分野でもとりあえず打診がくる、という仕事です。

〝突然〟仕事がくるのはあたりまえではありますが、突如として数週間、へたすると何ヵ月も忙しくなるので、予定が吹っ飛ぶこともしばしば。家族の理解が必須です。

〝どんな分野でも〟というのは、おそらくドイツ語の場合、英語とちがって各分野に専門の翻訳者がいるわけではないためです。現在、いわゆる文系のわたしが得意とする分野のひとつは、なんと原子力。それは、いただいた仕事をこなすため、泣きながら調べつづけてきた賜物といえましょう。

これらの特徴は、考えてみれば出版翻訳にもあてはまりそうです。たとえば、この仕事。秋口に〝突然〟話をいただき、〝分野〟ははじめてのスペースオペラ、けっこう〝厳しい納期〟に青くなるヒマもなく、訳し続けた数ヵ月でした。

仕事が〝いつでも〟入るという点でも、たとえば今日は元日です。お正月休みと呼ばれる期間、ばっちり校正が入っています。そのうえ、「あとがきにかえて」を書けと。鬼ですか？

いいえ、出版社のかたはまだ天使です。「すみません。お正月休みと訳者校が重なってしまいますが」などと言葉をかけてくださいますから。その点、実務翻訳は容赦ありません。

「明けましておめでとうございます。今年もよろしくお願いします。早速ですが……」と、元日の朝十時にニュース記事の翻訳が入ったりします。

実務翻訳の仕事は年末年始のほか、ゴールデンウィーク、お盆休みの時期もよく入ります。お客さまが休みになる前に「これ訳しておいてね」、休み明けに「あれ、できた？」とおっしゃるパターンです（たぶん）。

そのかわり、仕事がなければいつでも休めます。ところが、この〝仕事がない〟というのがフリーランスの身にはけっこうつらい。休暇というより〝失業状態〟ですから。これは翻訳者にかぎらず、フリーランスあるあるかもしれません。

と、ここまで翻訳者の知られざる、というほどでもない、よくある生活をお伝えしてまいりましたが、〝鬼〟の指定分量まで、まだだいぶ行数がありますので、すこし音楽ネタを。

翻訳するとき、わたしは音楽をかける派です。同業者に聞くとさまざまで、音があると集中できないというかたもいれば、イタリアのオペラをがんがんかけて訳す、というかたも。

わたしは歌詞がある音楽は気が散るので、フュージョン系の曲をよく聞きます。きっかけは翻訳を始めたころ、住んでいたマンションで有線放送が聞けたことです。いろいろとチャンネルを試した結果、「フュージョン」に落ち着きました。

いまは有線がなく、A社のプライム会員特典を利用中。好きな曲をプレイリストに入れて聞こうとすると、わざわざ違う曲や知らない曲を流してくれます。そのおかげで出会った曲のなかから近ごろ、お気に入りの二曲をご紹介して、拙文を終わりにしたいと思います。

**ホルヘ・ダルト『スパニッシュ・ハーレム』Jorge Dalto “Spanish Harlem”**

この曲はもともと『スタンド・バイ・ミー』のベン・E・キングのヒット曲だそうで、アレサ・フランクリンや、なんと山下達郎さんもカバーしていました。そのラテン系フュージョン版といったところですが、とくに後半の痛快ともいえる盛り上がりっぷりが、訳語に苦しむわたしをノリノリ（死語？）に励ましてくれる一曲です。

**ザ・スクェア『メリル』THE SQUARE “MERYLU”**

名曲『宝島』、『オーメンズ・オブ・ラヴ』を手がけた和泉宏隆さんの作曲。翻訳が進まず、どんよりしているときなど、この曲が流れると心が洗われ、涙ぐみそうになります。

この曲名で検索されるミュージックビデオは、バブル前夜の雰囲気満載。プールサイドに立ち、泡モノを飲む女性たちはランニングにジョギパン姿と、ノスタルジーを感じさせます。プールの中でおもちゃのようなピアノを弾くという謎の演出も、独特の味わい。わたしがこの曲に抱くイメージとは少々趣《おもむき》が異なりますが、演奏は最高でした。

## 追記

「あとがきにかえて」を書き終え、訳文の校正作業をしていると、ゆっくりとした揺れを感じました。なんとなく、いつもと揺れが違う気がしてテレビをつけると……

令和六年能登半島地震により被災されたみなさまに心よりお見舞い申し上げます。昨秋、この仕事がなければ石川県を旅する予定でした。いまこの時点ではまだ、被害の状況が明らかになっていませんが、被災地域が一日も早く復興することを、切にお祈り申し上げます。

# 2000年代海外SF傑作選

橋本輝幸編

独特の青を追求する謎めく芸術家へのインタビューを描き映像化もされたレナルズ「ジーマ・ブルー」、東西冷戦をSFパロディ化したストロス「コールダー・ウォー」、炭鉱業界の革命の末起こったできごとを活写する劉慈欣《リウ・ツーシン》「地火《じか》」など二〇〇〇年代に発表されたSF短篇九作品を精選したオリジナル・アンソロジー

ハヤカワ文庫

# 2010年代海外SF傑作選

橋本輝幸編

〈不在〉の生物を論じたミエヴィルのホラ話「〝《ザ・》〟」、ケン・リュウによる歴史×スチームパンク「良い狩りを」、仮想空間のAI生物育成を通して未来を描くチャンのヒューゴー賞受賞中篇「ソフトウェア・オブジェクトのライフサイクル」など二〇一〇年代に発表された十一篇を精選したオリジナル・アンソロジー

ハヤカワ文庫

訳者略歴　立教大学社会学部・静岡大学人文学部卒，翻訳者　訳書『24時間ですっきり！ぐちゃぐちゃデスクのシンプル整理術』ロート他多数

HM=Hayakawa Mystery
SF=Science Fiction
JA=Japanese Author
NV=Novel
NF=Nonfiction
FT=Fantasy

宇宙英雄ローダン・シリーズ〈706〉

# 氷結惑星《ひょうけつわくせい》イッサム=ユ

〈SF2432〉


二〇二四年二月　十日　印刷
二〇二四年二月十五日　発行

（定価はカバーに表示してあります）

著　者　ペーター・グリーゼ
　　　　マリアンネ・シドウ
訳　者　宮《みや》下《した》潤《じゅん》子《こ》
発行者　早川　浩
発行所　株式会社　早川書房
郵便番号　一〇一 - 〇〇四六
東京都千代田区神田多町二ノ二
電話　〇三 - 三二五二 - 三一一一
振替　〇〇一六〇 - 三 - 四七七九九
https://www.hayakawa-online.co.jp

乱丁・落丁本は小社制作部宛お送り下さい。
送料小社負担にてお取りかえいたします。

印刷・信毎書籍印刷株式会社　製本・株式会社明光社
Printed and bound in Japan
ISBN978-4-15-012432-8 C0197